JN198154

怜悧なエリート外交官の容赦ない溺愛

プロローグ

ベッドの上で聞いた彼の掠れた声が、まだ耳に残っている。

「美玲（みれい）、出張から帰ってきたら……ここに指輪をはめさせて」

トクリと高鳴る胸の鼓動。後ろから巻きつく腕が、何も身につけていない身体を引き寄せた。ゆうべ、激しく重ねた身体を労（いた）わるように、優しく触れた指先が左手の薬指をなぞっている。

初めて出会ったのは内戦中の国だった。あの時からいろいろあったけれど、今は彼——一三条（いちみじょう）誠治（せいじ）の愛に包まれている。

少し目尻の下がった涼やかな瞳に、形の整った眉。外国人かと見紛（みまが）うほど高い鼻梁（びりょう）に、肉厚の唇。見る人全てを魅了する極上の容姿のおかげで、上背があるのに威圧感を与えない。

誠実さの塊のような彼は微笑みを絶やさず、優しさと甘さのある顔立ちをしている。それなのに、同僚からは『冷静で冷酷な外交官（ディプロマ）』と呼ばれている。

そんな彼からプロポーズめいたことを囁かれた美玲は、心を歓喜で震わせつつこくんと頷く。

「こっち向いて、美玲」

細身でありながら、彼の身体はしっかりと筋肉がついている。誠治が少し力を込めると、美玲の身体はベッドの中で反転した。

すぐ傍にある誠治の身体に、裸の胸が触れてしまう。スリムなのに人よりも大きめな膨らみの先端は、寝起きにもかかわらず尖っていた。柔らかい朝の日差しの中で、誠治の跳ね気味の黒髪が光を受けている。

「プロポーズの予約。してもいいかな」

「……うん」

日本で最も優秀な人が集まる大学を出て、キャリア官僚の道を突き進む彼。賢いだけでなく、人を惹きつける魅力に溢れている。外国語だって英語だけでなく、フランス語やアラビア語まで習得している秀才だ。

そんな彼からの真摯(しんし)な言葉に胸が弾む。その一方で、美玲の心の中にはいつもの疑問がひょっこりと芽を出した。

——こんな私が、彼の隣にいてもいいの？

美玲の揺れる眼差しに不安の色を見つけたのか、誠治はこつんと額と額をくっつけた。

「こら、また美玲は自信をなくしているのか？　あれだけ言っただろう？　僕が好きなのは、そのままの美玲だよって」

「……うん」

胸の奥がじわりと温かくなる。つい、自分のことを卑下(ひげ)しがちだけれど、いつも誠治の言葉が呪縛を解いてくれた。もっと、自分に自信を持っていい。彼の傍にいてもいい。彼を——愛してもいい。

「美玲、愛しているよ」

熱い吐息と共に、彼の唇が降りてくる。ゆうべも腫れるかと思うほどに貪られた唇を優しく食まれた。唇の裏側の柔らかい部分を重ねあうようにキスをしていると、熱がうつるように恋情が湧き上がる。

「私も……好き」

泣きたいほどの嬉しさが込み上げてくる。力強い腕に抱きしめられ、真新しいシーツに美玲の柔らかい髪が流れていく。後頭部に回された手が、キスをしている間中髪を梳くように撫でていた。

こんなにもおだやかで眩しい朝を二人で迎えるなんて――美玲の身体を焼き尽くすような喜びが胸の内に膨れ上がる。

美玲はこの後崖から突き落とされ、転がり落ちることも知らずに、幸せの絶頂にいた。


橋渡美玲は、紅茶にミルクを落としたような色の柔らかい髪をふわりと片方の肩に流した。父親がアジア系のフランス人のため、日本人女性の平均よりは少し高めの背にスリムな身体つきをしている。よく目力があると言われる、彫りの深い顔をしているけれど……美玲は鏡に映る自分の顔があまり好きではない。

中学生になる頃に両親が離婚をし、生まれ育ったフランスから母親と日本に帰国した。その途端――周囲から浮いてしまった外見にコンプレックスを持ちはじめる。

美女と言われ、恋愛に奔放な母に容姿が似ている自分。なるべく目立たないように、息を潜めて生きてきた。外見と中身が違うと言われるほど、美玲は引っ込み思案な性格だった。少なくとも、誠治に会うまでは——

結局その日の朝は、誠治がフランスに出張する時間ギリギリまで抱きあっていた。今回はたった二週間の出張なのに、名残惜しいとばかりに肌を合わせ胸元に赤く散る痕を残された。太ももの内側にまでつけられた所有印を見ると、彼の独占欲を感じて嬉しくなるのだから、美玲も随分と浮かれている。

時間になってしまい、慌ただしくキスをしてからホテルを出る。美玲は仕事のスケジュールを思い出していた。

「誠治さんが帰国する日は休みだから、空港まで迎えに行こうかな」

一緒にいられるなら、ずっと傍にいたい。少し遠出になるけれど、誠治と過ごせるなら構わなかった。けれど、彼から返ってきた言葉は期待とは少し違ったものだった。

「それは……悪いけど必要ないよ」

「そうなの？」

「ああ、海外出張は頻繁にあるから気にしないでほしい。それに、帰国したらすぐに仕事に取りかかるから、移動時間も資料を読むために使っている」

そこまで言われてしまうと、美玲は何も言えなくなる。

誠治は外交官は公僕——国に仕える身分だからと、仕事のことに関しては恐ろしいほどに冷静で私情を挟まない。彼のそんなクールなところも好きな美玲は、誠治を信頼しきっていた。

「気をつけてね。時差もあるだろうし、連絡はいつでもいいから」

「すまない。出張中は気を張ることが多いから、頻繁にメッセージもできないと思うけど……待っていてほしい」

「うん」

それぞれの家に向かう交差点で別れると、美玲は颯爽と歩く誠治の後ろ姿を眺めた。本当はいつでも一緒に過ごしていたい。海外に行って離れていた彼を、空港で「おかえりなさい」と迎えたかった。

――でも、プロポーズの予約って、言ってくれたから。

彼が帰国すればすぐに結婚に向けて動き出す。込み上げてくる嬉しさのあまり、風船のようにふわふわと浮かれた気分で、美玲は自宅のアパートに向かった。

◆

それから二週間。

「今度はハロウィンかぁ」

流暢なフランス語を生かして外国語スクールの教師をしている美玲は、イベント準備のための買い出しをしていた。いかにも怖そうなお化けや魔女のコスプレなど、毎年恒例の季節行事。

郊外にある大型ショッピングモールに、ハロウィン用の飾りがたくさん売っていると聞き、気分転換を兼ねてやって来たけれど……子ども連れの家族の多さに、独身の美玲は驚いた。

普段は都心で買い物をすることが多いから、ここに来るのは久しぶりだ。ふらりとウィンドーショッピングをしながら目的の店を探していると、反対側の通路を見知った顔が横切り美玲は振り返った。

——え？　帰国するのは明日のはずなのに……どうして？

誠治と思しき男性が歩いている。まさか、と二度見するけれど、あの後ろ姿はやはり彼に違いない。長い足に濃いブルーのデニムパンツを穿き、ブラックのツイードジャケットの下には白のタートルネックのカットソー。普段よりもカジュアルな装いをしている。それだけでなく、隣には黒髪の美しい女性と……二歳ぐらいの男の子がいた。

——まさか！

ドクン、ドクンと心臓が嫌な音を立てている。さっきまで聞こえていた、ざわつくフロアの音が静まり、彼の姿がスローモーションのように流れていく。音のない景色の中で、誠治が隣に歩く子どもを抱き上げて微笑んだ。

美玲は呼吸を止めた。

彼が抱き上げている子どもは、誠治にそっくりだ。二重の目も、形の良い眉も。いかにも賢そうな顔がよく似ている。

「なんで……」

疑問が頭の中をぐるぐると回っている。彼は一人っ子だから甥ではないし、どう見ても仲の良い親子にしか見えない。ぐずついていた子どもは、誠治に抱き上げられた途端、きゃっきゃとはしゃいでいる。

隣にいる女性は、鮮やかな紅色のワンピースを優雅に着こなし、幸せそうに微笑んでいた。

黒目の大きな顔立ちの彼女とは、以前一度だけ会ったことがある。

——あの女性は！　誠治さんの婚約者だと言っていた……！

日本人形のように白い肌に漆黒の細くまっすぐな髪。一重で切れ長の目に小さな唇。品のある佇まいは、日本の美を思い起こさせた。

いつか大使となる外交官の妻であれば、自分とは違い東洋系の美人の方がいいに違いない。そんな劣等感を抱かせるのに十分な美しさを持つ彼女に嫉妬していた。だから——

「誠治さん……うそ」

彼からは誰とも長く付き合ったことはないと聞いていたけれど、彼女は自分のことを誠治の婚約者だと言っていた。長いまつ毛を伏せ、清らかに微笑む姿を思い出しては悲しくなり、やはり自分はふさわしくないのかと苦しんだから、見間違えることはない。

誠治の隣に立つ彼女は——外交官の伴侶となるのにふさわしい気品を兼ね備えた、理想的な妻そのもの。

そして、誠治と似ている子どもが一緒にいる。やはり、彼の母親から聞いた話は本当だった。

ほんの少し前まで、誠治と結婚する未来を夢見ていたのに。現実を目の前にして、美玲の足は震えてしまう。通り過ぎていく彼らの後を追いかけたいのに、まるで床に接着剤で留められたかのように足が動かない。

「あなた、大丈夫？　お顔が真っ青よ」

通りすがりの女性に声をかけられ、美玲はハッとして鞄を持ち直した。

「いえ……大丈夫です」

女性にそう答えると、まずは傍にあったベンチに腰かける。そして彼らのいた方向を見ると、どうやらフードコートのある場所に向かっているようだ。

——あ、行っちゃう……

彼の二股を目の前にしても、声をかける勇気が出てこない。

テレビドラマのように彼を糾弾するなんて、とてもできそうにない。何より子どもの目の前で言い争うことは、美玲には無理だった。

三人の姿が人込みの中に入っていく。現実とは思えない彼の裏切りに、美玲の心はナイフで切り刻まれたように血を流す。——痛い。痛くてたまらない。

呆然としていたあまり、美玲は後に、どうやって家に帰ったのかを思い出せないほどだった。

第一章

美玲と誠治はアフリカで出会った。

当時大学を卒業したばかりの美玲は得意の語学力を生かして、国際的な非営利団体の職員をしていた。

医療を専門とする団体は、どんな国であっても草の根の支援を絶やさない。以前からそんな世界に興味のあった美玲は、学生時代からボランティア活動をしていた。

内向きになりがちな自分を変えたくて頑張ったことが功を奏し、職員にならないかと声をかけられたのだ。

さらにはフランス語が流暢（りゅうちょう）なことから、医療職をサポートするスタッフの一人としてアフリカに派遣された。

政情は不安定ながら、比較的落ち着いている地域と説明を受けていたけれど……美玲が派遣されて二年、内戦が一気に加速する。

「先生っ、大使館から連絡が来ました。邦人は退避するようにって」

団体の運営する診療所は北部にあるため、まだ静かだった。だが、南部にある都市は反政府組織が実効支配しつつある。

停電や断水が続き、日常生活を送ることも困難になってきた。何よりも、日本人が戦闘に巻き込まれてしまうと国際問題になりかねない。

美玲の場合、成人した時に日本の国籍を選んだといっても、以前はフランス国籍を持っていたから余計ややこしい。

一緒に働く医師の藤崎（ふじさき）は眉間に皺（しわ）を寄せた。彼は勤務していた病院を早期に引退し、ボランティア精神からアフリカの医療を支えるため、かれこれ五年もこの地に住んでいる。診療所への思いも美玲より強いに違いない。

髪に白い色が交じっているが、まだまだ体力も気力もある人だ。けれど、事態は一刻を争う。

「ここも戦闘地域になりかねないと。退避のため、自衛隊も国連も動いているようです」

「わかった。美玲君、荷物をまとめるんだ」

「はい」

こんなこともあろうかと、美玲はすでに準備をしていた。４ＷＤのピックアップ・トラックには水や保存食、ガソリンを積んである。診療所を閉じることになるため、これまで支えてくれた現地スタッフに声をかけた。

『ごめんなさい、ここは一時閉鎖することになったの』

『うん、ミレイとドクターは日本人だからね』

外国人であっても、現地に溶け込めるように努力してきた。けれど、戦闘の危険が迫ると逃げなければいけない。でも、現地スタッフは自分たちと違って逃げる場所がない。

申し訳なさに胸を痛めながらも、自分たちが残り続ければ攻撃の標的にもされかねない。外国人は目立つため、どうしても狙われがちだ。

『ミレイ、これを持っていって』

看護師をしているマリアが、乾燥させたイチジクと木彫りの人形を渡してくれる。イチジクは貴重な甘味なのに、美玲は泣きそうになりつつもグッと彼女の手を握りしめた。

『ありがとう』

元気でね、とか、また会おうね、とか。そうした未来のある言葉をかけられない。彼女たちはこれから、厳しい現実に直面するからだ。

退職金代わりに多めの給料を渡し終えると、藤崎は診療所の扉の鍵をスタッフに渡して車に乗り込んだ。

厳しい目を診療所に向けながら、きっと再びこの地に戻りたいと思っているのだろう。

運転手に声をかけ出発する。悪路を進むせいで何度も車が跳ね、そのたびに舌を噛みそうになる。そのうち国道(ハイウェイ)に出た車は、広大な平原が広がる地にまっすぐに延びる道路を走っていく。

車載無線を国連が開設しているバンドに合わせると、各国の退避する様子が流れてくる。時折、砂が入ったようにザラついた音を聞きつつ、美玲は緊張を緩めるように鞄を手繰(たぐ)り寄せた。

鞄には全世界対応の衛星携帯電話が入っている。停電を繰り返しながらも、この電話の充電だけは欠かさなかった。非常時には情報が命綱となるからだ。

美玲に連絡をくれた日本大使館の人は、一三条と言っていた。会ったことはないけれど、安全確認をしてくれた時の低い声が耳の奥に残っている。

「では、退避対象者は二名でよろしいですか」

「はい。あの、やっぱり国外に避難しないといけないのでしょうか」

「北部は比較的安定していますが、首都をはじめ南部の都市には攻撃がはじまっています。空港も占拠されたため、一刻も早く退避行動をお願いします」

「……そんなことになっているなんて」

都市から離れたところでは、銃声など聞こえてこない。今朝も鶏が元気に鳴いていたから、美玲には深刻な事態が実感できなかった。

「人は危険が迫っていても、危険と思いたくない、というバイアスがどうしてもかかります。おこがましいですが、僕を信じて行動を起こしてください。いつ、橋渡さんのところに攻撃があってもおかしくない状況です」

「でも、ここはまだ静かですよ」

「飛行場にある建物は、連日砲弾を受けています。外国人が残ると、人間の盾として利用される可能性があります。一刻も早く退避しましょう」

ここまで説得されてようやく、美玲は覚悟を決めた。藤崎も納得してくれるだろう。

「わかりました」

「っ……ありがとう」

一拍置いて、お礼を言われる。心配してもらったこちらがお礼を言うべき場面なのに、人の良さがにじみ出るやり取りに、美玲は安堵する。

彼のいる場所はきっと、美玲たちのいる場所よりも危険が迫っているに違いない。退避するなら、一時停戦をしている三日間の間に動かないといけない。それなのに、のんびりと答える美玲を落ち着いて説得してくれた。

――僕を信じて。

不思議と彼の言葉がすっと心に染み込む。目を閉じると低い声が聞こえてくるようだった。

このまま車で走って集合場所の日本大使館に行けば、彼に会える。こんな非常時にもかかわらず、美玲は一三条と名乗る彼はどんな人なのだろうかと想像した。

語っていた声の感じからは、かなり年上のような気もするし、まだ若い専門官のような気もする。

――どんな人かな……

車窓にはひたすら草原の景色が続いている。時折、小さな町を通り抜けていくけれど、どこもひっそりとして普段のような賑わいは見えない。

某国政府は軍隊の派遣を見送った、と無線から情報が流れてくる。

ここまで来るとさすがに、美玲も事態の深刻さを実感していた。そして、忍耐強く自分を説得してくれた一三条に改めて感謝するのだった。


土埃（つちぼこり）が舞い、直前まで戦闘が行われていた形跡が残る道を進むと、ようやく二人を乗せた車は日本大使館に到着した。首都の建物はところどころ崩壊していて、焼け焦（こ）げた臭いが漂っている。大使館の前面の道路には、大型バスが駐車していた。

黒い鉄柵のある門のところでパスポートを見せ中に入ると、広場には在留日本人と思（おぼ）しき人々が集まっている。受付の場所を聞いてそこへ向かうと、美玲の耳は聞き覚えのある声を拾った。

「橋渡美玲さんですね、一三条です」

美玲が振り返った先に、背の高い男性が立っている。ドクン、と心臓が跳ねる。――電話で聞いた声だ。

「はじめまして。橋渡です」

医師の藤崎と一緒に到着したことを報告すると、いかにも安堵したように彼は「良かった」と呟いた。白いシャツを腕まくりして額に汗をかいている。想像していたよりもずっと若く、整った容姿をしていた。

一三条は疲れた顔をしながらも、美玲を安心させるように微笑み、手を差し出してくる。

「電話では失礼しました」

「いえ、こちらこそ。あの時はありがとうございました」

強い視線を感じ、美玲は顎を上げると彼と目を合わせて手を伸ばす。ぎゅっと握りしめる大きな手が熱い。アフリカでは当たり前の仕草なのに、なぜか特別に強く握られている気がする。

漆黒(しっこく)の瞳をした彼は、美玲の少し薄い色をした瞳に気がつくと、確認するように声を落とした。

「橋渡さんは、確かフランス国籍を持っていましたね」

「はい、でももう日本国籍を選択しています」

「……わかりました。では、ここからは僕たちが全力で守ります」

意志の強そうな瞳で見つめられ、美玲は耳の奥にトクトクと心臓が速く脈打つ音を聞く。不安な時に、守ってくれるという言葉を聞いたからだと、自分を戒(いまし)めつつも彼から目が離せなくなる。

一三条も同じように、美玲から視線を外さない。

ほんの数秒のはずが、永遠にも思えるほど見つめあっていたけれど——一三条は次々と到着する日本人の対応に呼ばれてしまう。

「では、説明はまた後で」

「はい」

名残惜しそうにしながらも、握手していた手がほどかれる。美玲は心を持っていかれたように、彼の後ろ姿を見つめることしかできなかった。


日本大使館に集まった人々は、国連の主導する退避団に合流することになった。各国の退避メンバーが集まり、何十台もの車が列になって進むようだ。

車列の先頭や最後、そしてところどころにどこかの国の軍隊が武装して並走する。

日本にいると目にすることのない光景を、美玲は緊張した面持ちで眺めていた。

まさか、こんなことが自分の身に起こるとは思っていなかった。内戦状態といっても、ここ数年武装勢力が攻撃するのは一部の地域に限られ、派遣先はそこからはずっと遠い静かな地域だった。

――しっかりしないとね……

美玲は不安に怯えそうになる気持ちを押し込める。

大使館に集まった人の中には子ども連れの人も、アフリカ人の妻を置いて日本に帰国する人もいた。妻の両親、兄弟姉妹はここにいるため、離れられなかったと聞く。そうした人たちにとって、この退避は心理的にかなり厳しいだろう。

結局、国外退避する日本人は六十名近かった。大型バスは用意されていたが、座席が足りないため美玲たちは乗ってきた車を提供することに決める。

ガソリンは予備の分まで載せているから、港に到着した後は運転手に任せることになる。

「すみませんが、僕も同乗させてもらえますか？」

大使館職員はそれぞれバスや車両に分かれて移動することになり、一三条は美玲の乗る車を希望した。座席は空いているので、彼が来るのは歓迎だ。

美玲が後部座席に移動すると、一三条が助手席に座る。

「ドクターがいると、安心しますね」

「こんな時は、できないことの方が多いですよ。医療品も最小限しか持っていません。私たちにしてみれば、一三条さんのような外交官の方が頼りですから」

藤崎が朗らかに笑うと、自ずと緊張がほどけていく。一三条は車についているアンテナを見て、「車両無線があるので助かります」と顔を緩めた。

衛星携帯電話の使用は控えるようにと国連からの通達があったため、無線から得られる情報が頼りだ。どこで武装勢力が傍受しているかわからないため、できる限り情報を漏らさないように気をつける。

車が走り出すと同時に一三条は無線をつけた。すると騒々しいほどのやり取りが交わされている。英語だけでなく、時折アラビア語でも交信しているが、一三条はその内容も理解しているようだった。

美玲はふと疑問に思ったことを口にした。

「アラビア語がわかるなんて、一三条さんは専門官としてアフリカに来たのですか？」

「いえ、僕は総合で入省しました。今は二等書記官です。……アラビア語は、学生時代に学んでいたから得意なだけですよ。外務省での研修言語はフランス語でした」

「まぁ、そうだったんですね」

アラビア語が堪能（たんのう）なので専門官職員と思われたが、彼は総合職、いわゆるキャリア官僚だった。

外交官には大きく分けて二つある。地域の言語や政情に通じた『専門官』と、将来は大使まで上り詰める『総合職（キャリア）』。

どちらも重要なことに変わりないが、普段であれば美玲がキャリア官僚である一三条に会う機会はほとんどない。

無線を使い、一三条は国連職員と連絡を取り合っていた。無線は携帯電話と違い、独特な言い回しが必要だが、それさえも完璧に使いこなしている。

「一三条さんは、なんでもできるんですね。こうした現場を経験されたことがあるのですか？」

「そういうわけでは……ただ、セキュリティ研修を兼ねて自衛隊の訓練を受けたのが役立ちました」

「はぁ、凄いですね」

何事にも動じない雰囲気でありながらも、時折美玲に見せる表情は柔らかい。ピックアップの後部座席に座ったまま、助手席に座る一三条の横顔を飽きることなく見つめてしまう。

辛く、不安になる道のりも彼がいることで不思議と落ち着くことができた。さらに、外交官として優秀な彼は他の国の外交官とも親しく、休憩時間の情報交換を怠（おこた）らない。

吊り橋効果——危険な状況を一緒に過ごしたことで、相手を好きになってしまうというそれだと思いながらも、美玲の中で一三条の存在が大きくなっていく。

けれど――どれだけ準備していても不測の事態はやってくる。車の異変を感じた運転手は、車列を抜けると道の片側に車を止めた。

「あちゃ～、まいったな」

悪路を走っていたせいか、ピックアップ・トラックのタイヤの一つがパンクしているのを見て藤崎が叫ぶ。

車に乗っていた全員が降りると、砂を含む乾いた風が吹いてきた。周囲は赤茶けた風景が広がるだけで何もない。

幸いにも予備タイヤを載せていたが、交換するために持ち上げるジャッキが見当たらなかった。

美玲は呆然と車を眺めることしかできない。

「橋渡さん、ちょっとお願いがあるんだけど」

乾燥した風が吹く中、立ちすくんでいると一三条が美玲に声をかけた。冷静な彼にしては珍しく、額に汗をかいている。

「僕が無線で救援を頼むから、その後のフォローをお願いできるかな」

「フォローって、何をすればいいのですか？」

「無線を聞いて、必要なことがあれば受け答えしてくれたら大丈夫だよ。君なら英語もフランス語もわかるよね」

「はい」

無線で交わされる会話をずっと聞いていたから、理解はできる。でも受け答えとなると、会話に入らないといけない。普段と違い、相手は国連や軍隊の人たちだ。

「大丈夫、電話と違って言葉を短めに。語尾にまだ続く時はオーバー、終わる時はアウト。これができればいい。聞いている限りだと、喋っている人は無線の基本も、アルファベットの伝え方もなってないしね」

「そうですけど……私が話した言葉を、無線で受けている人がみんな聞いているんですよね」

「うん、でも大丈夫。君ならできるよ」

力強い声で励まされると、できそうな気がしてくる。何よりも、今動ける人が動かないと、状況は変わらない。言葉のレベルで言えば、自分の方が藤崎よりも上手だから、一三条も頼んだに違いない。

「わかりました、やってみます」

美玲は助手席側に立つと、無線の通話器の部分を持った。ボタンを押し続けている間は会話に入る、離せば出る、という単純なものだ。

「僕がやるように会話すればいいから」

「はい」

一三条は通話器を持つと、『こちら日本の車両、ナンバーは——車のタイヤがパンクしたから、ジャッキが欲しい。オーバー』と通話を切る。すると受信機から声が聞こえた。

『こちら国連担当、車の位置と車両の色を教えてくれ。オーバー』

『位置は中ほど、車の色は白、ピックアップで右前のタイヤがパンクしている。オーバー』

『わかった。ジャッキを持ってすぐに向かう。予備タイヤはあるか？　オーバー』

『予備タイヤはある。救援を待っている。アウト』

『オーケー、アウト』

　通話が終わると、一三条はふぅ、と息を吐いた。救援が来ると聞いて、二人ともホッとしたのか目が合った途端、笑顔になる。

「ほら、簡単だろう？　また話しかけられたら、日本の白のピックアップって答えればいいよ」

「簡単じゃないですよ……でも、頑張ってみます」

　顔を上げた美玲は、頑張るぞと気合を入れて両方の手で拳を作る。そんな彼女の仕草が可愛らしく見えたのか、一三条は口元に笑みを浮かべた。

「君ならできるよ」

「はい」

　しばらくすると、国連の車両と一緒にイタリア人を乗せた車が到着する。どうやら本職の整備士がいたのか、彼の身振り手振りに従ってジャッキが設置され、あっという間にタイヤの交換が終わった。

　その間、無線で話しかけられないかとドキドキしてしまう。藤崎の「できたぞ！」という声を聞き安心したところで、無線から助けを求める声が聞こえた。

『腹痛を訴える人がいるが、医師はいないか？　オーバー』

『国連だ。車列のどのあたりにいる？　病人は一人か？　オーバー』

『一人だ。列の真ん中あたりだ。オーバー』

『今、医務官がいない。これを聞いている者で医師はいないか？　オーバー』

バクバクと心臓が鳴っている。医師である藤崎ならここにいる。美玲は通話器を手に持つと、藤崎に目で合図をする。無線の内容を聞いていた彼は、うん、と大きく頷いた。

すーっと息を吸った美玲は、通話器のボタンを押した。

『こちら日本、医師が一人いる。真ん中あたりで、止まっている白のピックアップ。オーバー』

『良かった！　さっき通り過ぎたから、こちらから向かう。オーバー』

『では待っている。アウト』

『すぐに行く。アウト』

通話が終わった途端、美玲は全身の力がふっと抜けてしまう。良かった、と思うと同時にこれから患者が来るのだと気を引き締める。

「先生、今からこちらに向かうようです」

「そうだな。準備をしてくれ」

「はい！」

慣れていない自分でも役立つことができた。安心するとともに、国という垣根を超えて協力しあえることに感動を覚える。

しばらくして到着した車両にいる急病人を見た藤崎は、真剣な表情で水を飲ませ鎮痛剤を渡した。

応急処置でしかないが、今の状況ではこれが限界だった。

一連のトラブルが終わった時には、美玲も藤崎も、一三条さえも砂を被ったように服の色が茶色くなっている。

「藤崎先生、顔にまで砂がついていますよ」

「ああ、さっきの砂嵐はひどかったからな」

「そういう一三条さんも、背中が凄いことになっています」

「あっ、え？　そう？」

三人で互いの身体についた砂をはたき落としてから、車に戻る。随分と遅れてしまったけれど、ゆっくりと進む車列だから、すぐに追いつけるだろう。

「橋渡さん、聞いたよ。無線で急患を引き受けたんだってね」

「ええ、緊張したけれど、なんとかなりました」

「やっぱり、君は凄いよ」

そんなことない、と思いつつも一三条に褒められ嬉しくなる。美玲は頬をうっすらと染めるが、危険と隣り合わせの退避中であることに変わりはない。

車列に国連の旗がついていても、ひとたび停戦が破られれば攻撃対象となる。部隊によっては末端まで命令が行き届かないことも往々にしてあった。ひやひやしながらも進む車列は、幸いにも砲弾を受けることなく進んでいく。

ようやく港にたどり着くと、そこには邦人救助のために飛んできた自衛隊のＣ２輸送機が到着していた。これで国外に出ることが可能となる。美玲はホッと胸を撫で下ろすけれど、一三条の仕事はむしろこれからだ。連絡や調整のため、まだ留まっている日本人のために彼は危険なこの地に残ると言う。

車を降りる時に、これで最後と思い美玲は思い切って声をかけた。

「一三条さん、ありがとうございました。日本に無事に帰ったら……あの」

「帰ったら、一緒に乾杯しましょう」

一三条も安心したのか、硬い表情を崩して笑顔になる。爽(さわ)やかな微笑みに惹かれるように、美玲も「はい」とはにかみながら返事をした。

帰国したら連絡してほしい、と渡されたのは他の日本人と同じ外務省の番号が書かれたチラシだった。

――これって、他の人にも渡していたものと同じ……

受け取った紙を見た美玲は、はっと顔を上げた。

「わかりました」

ほんの少し期待したけれど、やはり一三条にとって自分は保護すべき邦人の一人に過ぎない。特別なものは何もないと、美玲は走り出しそうになっていた気持ちにブレーキをかける。

「それじゃ、また」

一三条は名残惜(なごりお)しそうに挨拶をすると、駆け足で美玲から離れていく。

ほんの短い出会いだったけれど、美玲には忘れられない体験となった。

内戦激化のための国外退避なんて、もう二度と経験したくはないけれど……熱い眼差しを持つ彼、一三条誠治に再び会いたいと思わずにはいられなかった。

第二章

日本に帰国した途端、美玲は疲れを覚えて休んでいた。心身ともに無理がたたったのだろう、心因性のものだからゆっくりと休むようにと医師から言われてしまう。

非営利団体のアフリカでの活動は中断となったため、休養を兼ねて美玲は仕事を辞めることにした。けれど実家に帰ろうにも、母親は自分の知らない男と一緒に暮らしているから近寄りたくない。

藤崎にはしばらく休んだら、再びアフリカを目指そうと誘われたものの、美玲にその気力はなかった。

結局、語学力を生かして美玲は外国語を教えるスクールで働こうと、面接を受けることにした。

『フランス語の他に教えることができる言語はありますか？』

『英語も得意ですが、ビジネス英語はできません』

言語を教える経験を問われ、学生時代に教えていたことを伝える。ネイティブ並みの流暢(りゅうちょう)さから、無事に面接は通り就職が決まった。

美玲は都心にある、働きながら言語を学ぶ人が多い地域に配置された。最初は研修を受け、次第にクラスを受け持つようになる。

働きはじめるとすぐに、受付に座る事務の安斎ちなつから声をかけられた。

「美玲先生、ちなつです。よろしくお願いします。ここは外国人が多いので、名前で呼ぶのが基本ですよ」

「そうなんですね。ちなつさん、よろしくお願いします」

ちなつは背が低く、くりっとした目の可愛らしい人だった。すらりとした手足に、オリエンタルな雰囲気の美玲とは美しさのタイプが違う。意外と人見知りの美玲は、話しかけられた途端に嬉しくなる。

——可愛らしい人だなぁ……

年齢も近い二人はすぐに仲良くなった。どちらもお弁当を持ってきていたので、昼食はスタッフ控室で食べるようになる。

ちなつの話題は流行のドラマや音楽についてなど、アフリカにいた時は忘れていたことばかりだ。新鮮な気持ちで聞いていると、頷いてばかりいる美玲にちなつは驚きを隠さない。

「美玲先生って、もしかして流行とかに興味なかった？」

「そんなことないんだけど、二年近くアフリカにいたから、感覚が戻らなくって」

「え！　アフリカに二年もいたの？」

そこから話が弾み、美玲は半年前の出来事を伝えた。日本でも大きく報道されていたから、ちなつは興味深く聞いてくる。

美玲も話すことで自分を振り返ることができ、気持ちが整理されていく。

「だから、時々浦島太郎（うらしまたろう）みたいなの。ちなつさんには、いろいろと教えてほしいな」

「はい！」

実家暮らしのちなつは、母親が未だにお弁当を作っているという。中学生の頃からお弁当は自分で作っていた美玲は違いを感じ、少しだけ心が疼（うず）いた。

けれど、いつものように気持ちに蓋をする。

「そうだ、美玲先生は美人だから、生徒さんとのトラブルには気をつけてくださいね。ストーカーになっちゃう人とかいるので」

「そんなこと、本当にあるんですか？」

「いますよ！　語学スクールに恋人を探しに来る人。そりゃ、はじめは本気で言葉を学びますよ。でも、グループでいろんな人と会話すると、出会いの場にもなるんですよね。講師を好きになっちゃって、本気で口説（くど）く人もいるし」

「そうなんだ……でも、私はフランス語だからなぁ」

英語と違って、フランス語は日常で必要となる場面が少ない。だから学びに来るのは仕事でどうしても必要があるなど、学習意欲の高い生徒しかいなかった。

「でも、最近噂になっていますよ」

「噂って？」

「フランス語に美人の先生がいるって。最近、プライベート・レッスンの問い合わせが多くて」

先生と生徒、一対一で行うプライベート・レッスンはグループ・レッスンに比べて料金が高い。基本的にグループでの受講を推奨しているから、美玲はまだ受け持ったことがなかった。

「そうなんだ。一対一って、緊張しちゃいそう」

「生徒さんの方が、美玲先生みたいな美人と過ごせるから、緊張すると思うけどなぁ」

「ちなつさんの思い違いだよ。私、そんなに言うほどモテたことないし」

「美玲先生って、時々自己肯定感が低いですよね」

「そうかなぁ……」

「そうですよ。こんなにも美人なのに恋人もいないなんて、信じられない。もしかして片想いの相手とか、いるんですか?」

そこまで言われるとぐっと黙るしかない。恋人はいないけれど、片想いならしている。

美玲の頭に浮かぶのは、一人の男性だ。アフリカの強い日差しの下、鋭い眼差しで見つめられた。終始緊張感があったけれど、最後に笑った顔を見せてくれた彼。

——一三条誠治二等書記官。

アフリカで出会ってから半年も過ぎているのに、美玲は毎日思い出しては、ため息を吐いていた。

渡された外務省の電話番号にかける勇気はない。かければきっと、あの時の退避日本人として心的相談センターに回されてしまうだろう。そこで一三条の名前を出したとしても「それは吊り橋効果の恋です」と言われるに違いない。

まさしく吊り橋効果だろう。けれど、きっと東京で会ったとしても。

――あんなにも素敵な人だから、絶対に好きになっちゃう……

会って、もう一度話をしてみたい。でも――チラシに載る円の形をした外務省のシンボルを見ると、身がすくんでしまう。

自己肯定感が低いだけでなく……美玲が引け目を感じる理由はもう一つある。

実家にいる母、海鈴(みすず)のことだ。両親が離婚したのは、海鈴の不倫が原因だった。離婚当時、美玲は口論している二人の様子からそのことを知っていたし、フランス人の父はしっかりと説明してくれた。

どちらが美玲を引き取るか、という話になると、男と別れたばかりの海鈴は寂しいから連れていくと言って聞かなかった。美玲も母親から一緒にいてほしいと言われると、愛されていると思い見捨てることができない。

結局、父親に時折面会することを条件とした離婚が認められた。けれど海鈴は美玲を連れて勝手に帰国し、二人で一緒に日本に住みはじめた。父親は突然断りもなく日本に帰った海鈴を許すことができず、連絡は絶たれたままだ。

今の美玲であれば、自ら父親に連絡することはできるけれど……十年以上も離れ、すでに再婚もしている父親が娘からの連絡を喜ぶとは思えない。

日本に帰った母親は、美貌にものを言わせて、付き合う男性をころころと替えていた。さすがに年ごろの娘のいる家に男を連れてくることはなかったけれど、美玲は早く家を出たくて仕方がなかった。

そんな母親を身近に見ていたから、恋愛には消極的になっていた。どれだけ美人だ、綺麗だと言われても自分とそっくりな、奔放すぎる母を思い浮かべ嫌になってしまう。

こんな自分が、外交官の中でもエリートのキャリア官僚である彼を想うことすらおこがましい。思い出は胸にしまっておこうと、美玲は彼から受け取ったチラシを折りたたむ。

――もう、いい加減に忘れなきゃ……

こんなにも一人の男性を想い続けた経験はなかった。恋愛偏差値の低い美玲には、どうにもならない想いの行先を見つけることは容易ではない。

ため息を吐くことしか、美玲にはできなかった。

日々の仕事をこなしながら、休みとなった日曜日。美玲は勤めていた非営利団体の参加するイベントに久しぶりに顔を出すことにした。

都内にある大きな広場で開催され、国内にある主要な非営利団体や国際開発を行う機関が一堂に会するお祭りだ。外務省などが共催しているから、関心のある学生や人々が大勢訪れる。

非営利団体にしてみると、支援者にアピールする大切な機会だから、自ずと準備に熱が入る。フェアトレードの品物を売るブースを用意し、そこでコーヒーを売っていた。

アフリカで栽培されたものを販売しているが、数や品質が均等にならないため市場では流通させにくい。そのため団体が買い取っているけれど、売り上げはそれほど多くない。

それでも、酸味の強いコーヒー豆は一部の支援者には人気が高かった。

一度飲めばその味のとりこになる。職員だった時にコーヒー農園を訪れていたから、美玲は製品が売られているのを見て一安心した。

——本当は、売り子も手伝いたかったけど……

ボランティアとして、これからも関わりたいと思っていた。アフリカの陽気な人たちを知っているから、もっと何かできることをしたい。けれど……

アフリカのことは好きでも、まだ恐ろしい紛争地のイメージが残っている。あの砂埃の風をもう一度受ける覚悟がつかない。

しかし、そこに住む人々は皆素朴な人たちだった。乾燥イチヂクをくれたマリアのように、優しく強い女性たちばかりだった。

——また、行きたいなぁ……

いつか平和になった時に、もう一度行ってみたい。

目を閉じるといつでもアフリカの照りつける太陽と、大柄で陽気な女性たちを思い出す。そして、少し日に焼けた怜悧な瞳の彼を——

非営利団体のブースにたどり着いた美玲は、顔なじみのスタッフに声をかけられた。

「美玲さん、お久しぶりです！」

「こんにちは。みんな元気そうだね」

美玲はせっかく訪問したからと、コーヒー豆を購入する。これなら、休憩時間に淹れることができそうだ。それに、ちょっとだけ焦げ感の強いローストも懐かしい。

「はい！　コーヒー豆ですね。あ、そういえば藤崎ドクターも来ていましたよ。まだこのあたりにいるのかなぁ」

「藤崎先生もいるの？　じゃ、ちょっと探してくるね」

美玲は会場をぐるりと歩きはじめる。非営利団体といっても、活動内容や規模は様々だ。美玲の働いていた団体のように、海外に日本人の駐在員を置けるところは少ない。

小さな団体は小さいなりに得意な分野で支援している。あまり人々に注目されない地域に密着している団体もある。それら一つ一つのブースを見るのも、研修で知り合った仲間に声をかけあうのも楽しみの一つだった。

アフリカで活動している団体のパンフレットを見ていると、後ろから声がかかる。

「おっ、美玲君じゃないか」

「藤崎先生！」

白髭を蓄（たくわ）えた藤崎は、以前と変わらず朗らかな表情をしている。

「元気にしていたか？　そういえば、転職したって聞いたけど」

「はい、今は都内でフランス語を教えています」

「そうかぁ、君はいいパートナーだったけどなぁ」

「そう言っていただけると、嬉しいです」

藤崎は豪快な笑顔を見せつつも、人のいない方へ美玲を呼び木陰に立った。

「どうだ、フラッシュバックはないか？」

「はい、もうテレビでアフリカの映像を見ても、懐かしいとしか思いません」

藤崎は医師として美玲の心の状態を心配していた。恐ろしい体験をすると、どうしてもトラウマとして残ることがある。美玲が団体を辞めたせいもあり、藤崎は責任を感じていたようだ。

「そうか、それなら良かった。で、あれからあの、外交官の彼には会ったのか？」

「外交官のって、一三条さんですか？　いえ」

なぜ藤崎がそんなことを聞くのだろうかと不思議に思い、美玲は首を傾げる。その顔を見た藤崎は「まいったな」と頭をかいた。

「本当に、会っていないのか？」

「……はい」

藤崎は困ったような顔をしながら「いや、余計なおせっかいかもしれないし」とぶつぶつ呟いている。

「一三条さんが、どうかされたのですか？」

「あー、いや。そういえば今、日本に帰国しているみたいだぞ」

「そうなんですか？」

美玲はひと際大きく目を見開いた。総合職の外交官が一つの在外公館にいる期間は三年くらいと聞いたこともあり、彼は日本にはいないとばかり思っていた。

話していると、藤崎を探していたスタッフに声をかけられる。彼は「すまん、また会おう」と言って戻っていった。

溌剌とした藤崎の後ろ姿を見ると、自分もまた何かしたいと思う気持ちが湧いてくる。でも……

美玲は顔を左右に振った。まだ、以前のようにボランティア活動をする気にはなれそうにない。

今はここに来ることができただけでも、一歩前進だ。自分の殻に閉じこもりがちな美玲は、自らを鼓舞するように歩きはじめると、中央に掲げられた看板が目に留まる。

そこには『現役外交官が語る国際協力のホンネ』とあり、外務省ブースとして講演が予定されていた。

——現役外交官、かぁ……

もしかして、と思って眺めていると、美玲は探していた人の名前を見つけてしまう。三番目に登壇するのは、中東アフリカ局の一三条誠治と書かれていた。

「一三条さんが、いる」

何度も思い出していた彼が、この場所にいる。アフリカにいると思っていたのに、藤崎の言う通り日本に帰国していた。

——会いたい。ほんの少しでいいから、もう一度会いたい。

時計を見ると、すでに講演がはじまる時間になっている。考える間もなく、美玲は走り出した。

野外に設けられた会場には、熱心に聞く人もいれば、単に立ち止まって雑談している人もいる。

壇上に上がって話しているのは、日に焼けた精悍な顔つきをした彼だった。

——いた！　あそこに、本当に一三条さんがいる……！

マイクを通じて聞こえる彼の低いバリトンの声。アフリカにいた時は無造作に伸びていた髪が、今は切り揃えられ後ろにキッチリと撫でつけられていた。

何よりも三つ揃えのスーツ姿が眩しい。白の細いストライプの入った紺色のジャケットに、ウェストコート。皺のない白のシャツにえんじ色のネクタイを締めている。日本では少し主張が強く感じる色合いだけれど、アフリカではよく見られる組み合わせだ。

――スーツ姿も、素敵！

彼の雄姿(ゆうし)から目が離せない。壇上にいる一三条には、美玲のことはわからないだろう。当時は後ろで一つに縛っていた髪を今日は下ろし、くるりと巻いている。あの時は日焼け止めだけの素肌をさらしていたのに、今日はしっかりとアイメイクもしていた。

服装だって、アフリカにいた時は長袖シャツに綿のパンツと地味だったけれど、今日はAラインのロングスカートをはいている。トップは黒のニットで、大ぶりな木のネックレスを重ねづけしていた。

だから、きっと自分がここにいるとは思わないだろう。印象が違いすぎるし、あの日は全てが混乱していたのだから。

――でも、こうして元気そうな顔を見ることができて、良かったなぁ……

彼は時折砕けた口調で、難しいテーマでさえもユーモアを交えて話している。最後に質疑応答の時間を迎えると、子どもの素朴な『アフリカって遠いですか？』という質問にも、丁寧に『遠いかもしれないけど、僕の心は近いよ』と答えていた。

――はぁ、やっぱりかっこいい……

司会をしている女性の声が、上ずっているような気がする。一三条がかっこよすぎて、緊張しているのかもしれない。

そんな妄想同然のことを考えていると、講演の終了する時刻が近づいてきた。いつまでも彼を見ていたいけれど、一三条は忙しいに違いない。この後も、現役外交官だからきっと仕事が待っているのだろう。

もう行かなくちゃ、と美玲は立ち上がった。お尻についた汚れを払ったところで——

「美玲さん、待ってくれ！」

壇上から、マイクを使って一三条が声をかけた。

「——！」

振り返ると、一三条が「すみません」と司会者の女性に謝っている。そして壇上をひらりと飛び降りると、そのまま美玲の方へ走ってくる。

あっという間に距離を詰めた彼は、美玲の傍に立った。ふわりと清涼感のある香りが漂う。

「久しぶり。元気だった？」

息を乱しつつも髪をかき上げた彼は、別れた時と同じように爽やかな笑顔を、目を丸くした美玲に向けていた。

「あっ、あの……」

突然目の前に立った彼に、何を伝えればいいのかわからず美玲は狼狽える。足を止めた彼女に安心した一三条から「壇上で君を見つけたんだ。良かった、会いたかったよ」と言われ、さらに驚いた。

「会いたかった？　一三条さんが……私に？」

「ああ、君を探したけれど、もう非営利団体は辞めていると聞いて。藤崎先生に確認しても、美玲さんの転職先を知らないと言われて、どうしたものかと思っていたんだ」

一三条はさっぱりとした笑顔で「この後、時間がある？」と聞いてきた。

「はい、今日は大丈夫ですけど」

「良かった、ちょっと待っていて。僕もこの講演が終われば自由になるから」

「はぁ」

彼は責任者に挨拶してくるよと言い、戻っていった。突然のことに驚きつつも、美玲は嬉しさで胸が弾む。

——私に会いたかったって……

いくら恋愛初心者の美玲でも、その意味するところに期待してしまう。男性から誘われた経験はあっても、これほど嬉しいと思ったことはない。夢ではないかと自分の頬をつねると、やっぱり痛い。

「何しているの？」

はっと顔を上げると、急いで戻ってきた一三条が傍に立って美玲を見下ろしていた。彼の甘やかな視線を受け、思わず頬を赤く染める。

「あ、あの……夢じゃないかなって。私も、一三条さんに会いたかったから」

すっと口を滑るように出た美玲の本音に、今度は一三条が目を見開いた。

「それって……期待しても、いいのかな」

「はい？」

目元をうっすらと赤くした一三条は、ふと周囲を見回した。さすがに壇上から声をかけたため、注目されている。

「ごめん、ここだと人目があるから移動しようか」

「そうですね」

美玲も浮ついた足どりで、彼についていく。薄い鞄を持った彼は、長い足を交差させて歩いていく。いつもの自分の歩くスピードと違い、速足になる。久しぶりにヒールのある靴を履(は)いていたから、少し歩きづらかった。

「あっ、ごめん」

振り返った一三条は、自分が速く歩きすぎていたことに気がつくと美玲の傍に立ち、項垂(うなだ)れるように頭を下げた。

「歩くスピードが違うの、忘れていた」

「いえ、私も今日は慣れない靴だったから」

「これからは気をつけるよ」

顔を上げた一三条は、今度は手を差し出してくる。今頃握手だろうかと右手を出して握ると「ちがう、こっちの手」と言って左手を握りしめた。

「え」

戸惑う間もなく、手を握って一三条はゆっくりと歩き出す。

――あれ？　これってアフリカの習慣なのかな……

海外生活が長くなると、常識があやふやになることが多い。男性の友人同士なら、手をつないでもおかしくない国もあった。

――いや、やっぱり違うよね？

大人の男女が手をつないで歩くのは、日本では恋人以上の関係だからだ。一三条が忘れているとも思えない。硬く節くれだった手が、自分の手を握っているけれど、手汗をかきそうで焦ってしまう。

けれど、彼の手の熱を離すのが惜しくて、美玲はそのままにして歩いていく。

――いいのかなぁ、いいんだよね。

普段の見慣れたビルの風景が、途端に違うものに見える。彼と出会った場所は、照りつける太陽と砂埃（すなぼこり）のある赤茶けた大地、砲撃で崩れた建物。まったく違うところだったから、戸惑いが大きい。

何も言わずに歩いていくと、地下鉄の駅の近くにある高級ホテルの入口の前で立ち止まった。

「ここでいいかな」

「あ、はい」

「静かなところだろうし、さすがに盗聴されないよな」

サラッと不穏なことを言った彼は、美玲の手をぐっと引いて中に入る。

高い天井に輝くシャンデリア。重厚で歴史を感じさせるロビーの一画にあるティーラウンジで、向かいあうように二人は座った。一三条は飲み物を頼み、美玲も同じようにコーヒーを注文する。

「久しぶりだね」

目を猫のように細めた一三条が、美玲を柔らかく見つめる。長い足を組んだ彼は手を膝の上に置いた。

忙しいだろう彼が、こうして一緒に過ごしてくれるだけでも嬉しくなる。聞きたいことはたくさんあるのに、胸が詰まり美玲は何も言えなくなった。

「日本はやっぱりいいね。どこも安全だ」

しみじみとした声で語る。あの危険な時を一緒に過ごしたから、その言葉が身に染みる。あの後、彼はしばらくアフリカにいたのだから、より実感しているだろう。

「一三条さんはいつ日本に戻ったのですか？」

「僕？　僕は辞令が下りて帰国したのは、二週間前になるかな」

「二週間……だったら、まだ帰ってきたばかりですね」

そうだね、と形の良い口元を上げた一三条は、コーヒーカップとソーサーを手に持った。その仕草は美しくて、まるで映画を観ているようだ。額にはらりとかかる前髪に、凛々（りり）しい眉。まつ毛が目に影を落としている。少しこけた頬に鋭い眼光は、男らしさを増していた。

細身でありながらも均整の取れた体躯を、上質な生地のスーツが包んでいる。力強い瞳は、絶対に狙った獲物は逃さないと言っているようだ。

――ホント、凄くかっこいいんだから……

ほう、と浅く息を吐いた美玲がサーブされたコーヒーカップを持って口に含むと、豊潤な香りが口中に広がる。

「美味しい」

「そうだね、日本のコーヒーは焙煎(ばいせん)しすぎていなくて、いいよね」

「そうでしたね。アフリカの人って、どうしてあんなに炒(い)ってしまうんでしょうね」

豆は美味しいのに、なぜか炒(い)る時間が長かった。なのでどうしても苦くなる。何度も「もったいない」と感じつつも、これが彼らの好む味なのかと思い黙っていた。なるべく現地に合わせようとしたけれど、馴染めなかったことも多い。

「お疲れではないですか？」

「うん、疲れていたけど、橋渡さんの顔を見たら元気になったよ」

「――――！」

思わず飲んでいたコーヒーが変なところに入りそうになる。ぐっと喉を詰まらせながら、美玲は目の前にいる一三条をそっと見上げた。

「あの……さっきから不思議なのですが、私のことを探していたとか」

「そうだよ。また会いたかったのに、君から連絡を貰えなくて落ちこんでいた。もちろん安全管理部門は把握しているだろうけど、個人情報だからアクセスできなくて」

一三条はカップをローテーブルに置くと、組んでいた足をほどき身体を前のめりにさせた。

「帰ってからは、大丈夫だった？　あれだけストレスのかかる体験をしたんだ、何か不調があってもおかしくない」

「帰ってきた後は、ちょっと寝込むこともあったけど……今はもう、大丈夫です。語学スクールに転職して、フランス語を教えています」

落ち着いて答えた美玲は、少しだけがっかりした。やっぱり彼にとって自分は、単なる保護した邦人の一人だったのか。

でも、さっきから美玲を見つめる視線を熱く感じるのは、気のせいだろうか。

「そっか、フランス語を教えているんだね」

「はい」

「僕も学びに行こうかな」

美玲はコーヒーカップを置くと、動揺していたのかカチャリと器の重なる音がする。

「あの、一三条さんは十分堪能(たんのう)ですよね。英語もフランス語も」

「そうだけど、君に会いたい。できれば定期的に」

「あ、あの……それって、どういうことですか？」

膝の上に置いた手をギュッと握りしめた。男女の駆け引きなどわからないから、どう思っているのかはっきりしてほしい。単なる心配なのか、それともそれ以上の感情なのか。

美玲はキッと睨みつけるように一三条を見ると、彼は眉根をへにゃりと寄せた。

「どういうことって、言葉通りの意味だよ。美玲さんに会いたかったけど、メールもなかったから、こちらからは連絡も取れなくて困っていたんだ」

「で、でもっ、私も連絡を取りたかったけど……」

まさか、彼が困っていたなんて。

美玲は一三条の柔らかい視線を感じ、ドキッとしてしまう。

「貰ったのが他の人と同じ外務省のチラシだったから、一三条さんにとって私は保護対象の邦人でしかない、と思っていました」

「そうだったのか、君にはプライベートのアドレスを書いて渡したつもりだった」

そう言われると、確かに手書きで書かれていた気がする。でも、印刷ミスを直しただけかと思っていた。

「ごめんなさい、気がついていませんでした」

素直に伝えると、一三条はガクリと肩を落とす。「まいったな」と頭をかく仕草をした後で、また眉根を寄せた。

「はは、結構待っていたのにな。いつ、メールが届くのかなって……」

「そうだったんですか？　あれが一三条さんの個人メールだって知っていれば、すぐにでも送ったのに」

「すぐに、送ってくれた？」

窺うように問いかける彼に、「はい」と素直に反応する。すると彼は口元を手で覆い、美玲から視線を逸らした。よく見ると、耳元が赤くなっている。

「あっ、あの……その」

『知っていたら、メールをすぐに送っていた』なんて、自分も好意を持っていたことを告白しているのと同じだ。今更ながらそのことに気がついた美玲は、口ごもってしまう。

「すまない、これは僕のミスだ。きちんと君に説明しておけば良かった」

ごめんよ、と下から見上げるように見つめられると、美玲はぐっと顎を引いた。

――かっ、可愛い！

男らしくて、かっこいいだけではない。縋るような目はまるで甘えてくるワンコのようで……美玲は目が離せなくなる。

「私も、勘違いをしていたから……ごめんなさい」

頬を染めて小さな声で答えると、美玲は膝の上で手を握りしめた。

「あの時は、お互い忙しなかったからね。こうして会えたからには、これからはいつでも連絡してほしい」

「……はい」

一三条は真摯に向きあうように声に力を込めていた。彼を見上げると、オニキスにも似た黒い瞳と視線が交差する。

――素敵。

美玲を安心させるように微笑んだ彼は、腕にはめている鈍く光る銀色の時計を見た。そして残っていたコーヒーを飲み干すと、美玲のカップにも残っていないのを確認する。

「だったら、今から約束を果たしにいこうか」

「約束、ですか？」

「そう。約束したよね、無事に帰国したら乾杯しようって。……どうかな」

一三条は約束だからと言うけれど、あの時は藤崎も近くにいた。単に社交辞令だと思っていたのに、いざ二人きりとなると緊張する。それに、これではまるでデートに誘われているようだ。

恋愛初心者にとって、二人きりのデートなんてハードルが高い。でも、一緒にいられるなら、もっと話をしていたい。

「橋渡さんはどこか行きたいところがある？」

「急に言われても……私は、どこでも」

「どこでもいい？　それなら僕が決めるよ？」

「はい、お願いします」

すると一三条はスマートフォンを取り出し、手元で調べはじめた。しばらくすると「行こうか」と美玲に声をかけて立ち上がる。

「六本木にしようと思うけど、どうかな」

「はっ、はい！」

普段は行くことのないエリアだけれど……雑誌などの特集でよく目にするところだ。美玲は迷うことなく、一三条に従うように立ち上がった。


地下鉄に乗って移動すると、一三条は慣れた足取りで展望台に向かった。美術館もあるビルの受付を目指し、ガラス張りの螺旋階段を上っていく。

いつの間に予約したのか、レストラン専用受付カウンターでチケットを受け取ると、エレベーターに乗って上階を目指した。

ビルの最上階にあるレストランは、まるで空の上にいるような空間だった。細長い緑の観葉植物が、ところ狭しと浮かぶようにディスプレイされている。案内された席からは、星が瞬（またた）く光の中にオレンジ色に輝く東京タワーが見えた。

「ちょうどキャンセルが出たおかげで、窓際の席が予約できたよ」

上着をイスにかけると、一三条はウェストコート姿となり白シャツの首元を少し緩めた。

「そういえば、今さらですけど……一三条さんはあの後抜けてきて、大丈夫でしたか？」

「あの後って、講演のこと？　まぁ、壇上で名前を呼んだから、何か言われるかもしれないけど。大切な人を捕まえるためでした、って言えば大丈夫じゃないかな」

「そんなっ……！」

平気な顔をしてサラッと言われたけれど、『大切な人』って、やっぱり自分のことだろうか。期待してしまうものの、決定的な何かを言われたわけでもない。

くすっと笑った彼は、メニューを見ながら「アレルギーとか、苦手なものはない？」と尋ねてくる。トクトクと高鳴る鼓動を抑えるように、美玲もなんでもない振りをした。

「はい、なんでも食べられます」

「だったら、お勧めのコースでいいかな」

そうしてぱたんとメニューを閉じると、今度はアペリティフのカードを差し出した。

「飲み物は？　アルコールは飲める方？」

「そうですね、あまり飲める方じゃないけど、いただきます」

「だったらお祝いを兼ねて、シャンパンにしよう」

一三条は慣れた様子でウェイターに注文する。お任せしたけれど、よく考えたらコースの価格を見ていない。持ち合わせは少ないから、カードになるかなぁ、と思ったところで、コース料理の内容の書かれたお品書きを渡される。

「えっ、こんなにたくさん」

「苦手なものはない？」

前菜が三つに、魚料理と肉料理とある。食材も贅沢（ぜいたく）そうな名称が並んでいる。トリュフにメープルサーモン、モンサンミッシェル産ムール貝って……普段はお目にかかれないものばかりだ。

「メインは豚（ポーク）か牛（ビーフ）か選べるみたいだけど、どうする？」

「どちらでも……あ、せっかくだから牛肉にしようかな」

「わかった」

よく見ると渡されたメニューと、彼の見ているものは少し違う。手元にあるお品書きには、価格は書かれていないけど……きっと彼の持つ方に書かれているのだろう。

「一三条さん、私、自分の分は払いますから、後で教えてくださいね」

「いや僕が誘ったんだから、今日は僕が払うよ。それに海外に行ってばかりで、日本で使うことも少ないからさ。たまには日本経済に貢献しないと」

「日本経済って、大きすぎます」

くすっと笑うと、彼も嬉しそうに目尻を下げた。甘い顔つきが、一層甘くなる。

「遠慮しないでほしいな」

「では、今夜はごちそうになりますね」

落ち着いたところでウェイターが前菜と二つのフルートグラスを持ってきた。黄金色の液体の中に、泡が弾けている。夜景を切り取ったようにグラスに映し、透けた向こう側に一三条の美しい顔が見えた。

「それじゃ、僕たちの再会に……乾杯」

「乾杯」

グラスを持ち上げ、視線を合わせる。一瞬、彼は野性の動物のように目を光らせた。

——なんか、私、狙われている?

彼の瞳の中に、情欲の欠片のようなものを見てしまう。こんなにも強い視線を受けたことは、これまでなかった。トクトクと胸を騒がせながら冷たいシャンパンを口にすると、フルーティーな香りが鼻を抜け炭酸が喉を潤す。

「このシャンパンは香りがいいですね」

グラスを置いて、最初に運ばれてきたサラダを見た。白いプレートの上に、絵具を並べたように色とりどりの野菜が置かれている。黒い欠片はトリュフだろうか、口に含むとふわっと癖のある香りが鼻の奥に届く。

「凄い、美味しいです」

「本当だ。初めてのデートのレストランが当たりで良かった」

「は、はい」

——やっぱりこれって、初デートだよね……

どこか甘酸っぱい思いが胸に広がる。彼と一緒にいると、初めてのことばかりだ。

次々と運ばれてくる料理に舌鼓を打っていると、アフリカの大地で食べた素朴な料理を思い出す。

「ん、どうした？　何か気になることでもあった？」

「いえ、不思議だなぁって。ここのフレンチも美味しいけど、アフリカで食べた乾いたパンも美味しかったなぁって」

「ああ、あの酸っぱいパン」

「そう！　なんであんなに酸っぱくなるのか、最後まで不思議でした」

お互いに共通しているのはアフリカのことだから、自然に会話がそちらに流れていく。一三条はさすがに専門的な知識を多く持ち、話題は尽きない。

「次はアフリカ料理のレストランを探そうか」

「そうですね、東京ならどこかにありそうですね」

ふわりと笑うと、一三条は一瞬動きを止めて美玲を見つめた。真剣な目つきとなり、空気が変わる。

「橋渡さんは、またアフリカに行きたいと思っているのかな。あれだけ壮絶な体験をしたから、嫌になって当たり前だと思うけど」

「アフリカですか？　はい、また行きたいですよ？　だって、開放感もあって人々も素朴だし、面白いところですよね。できれば安全なところがいいですけど」

「っ……そうなんだ」

どこかホッとした顔をした一三条は、気を取り直すようにしてグラスを持つと、話題をレストランに戻した。美玲もまた彼と会える約束ができるのかと思うと、嬉しさが胸に広がっていく。

「でも、一口にアフリカの料理と言っても広いからなぁ……」

過ごしたのは北部アフリカだけど、その味にまた出会えるとは限らない。アフリカといっても北と南では大分料理は違うから、アフリカンレストランといっても、懐かしい味に会うためには調べる必要がある。

一三条は「次のデートの場所も調べておくよ」と言ってから、ところで、と話を変えた。

「橋渡さんのフランス語は、どこで身につけた？　発音も完璧だから、もしかしてフランス育ち？」

「はい、ティーンになるまでパリにいました。日本に帰国したのは中学生の時なので、実は日本語の読み書きの方が難しくて」

「それは難しい年ごろで帰ってきたんだね。ご両親の仕事の関係？」

「いえ、フランス人の父と日本人の母が離婚したからです」

両親が離婚しているなんて嫌がられるかな、と思って眺めるけれど、彼はまったく気にしたそぶりを見せない。ホッと胸を撫で下ろすと同時に、男にだらしのない母を思い出す。

顔を曇（くも）らせた美玲を見て、一三条が手を止めた。

「それなら、今もお母さんと一緒に暮らしているのかな」

「いえ、母は……実家にいるので、私は東京で一人暮らしです」

「そうなんだ」

「一三条さんの出身は東京ですか？」

わざとらしく母の話題を避けるように、彼に問いかける。

「そうだね、僕も東京が長いかな……両親は田舎と東京を行ったり来たりしているけどね」

「それなら今も、ご両親のところですか？」

「いや、僕は一人っ子でね。親から独立したくて今は国家公務員宿舎にいる。外務省の社員寮みたいなものを借りているよ。セキュリティとか、いろいろ考えると便利だからね」

「セキュリティ、ですか？」

アフリカならともかく、日本でも危険なことはあるのだろうか。さっきのホテルでも、盗聴がどうのこうのと言っていた。

「まぁ、日本にいる時はそこまで敏感にならなくてもいいけど、やっぱり海外では盗聴と監視は付きまとうからね」

「監視まであるんですか？」

「外交官なんて、スパイ映画でも標的の一つになるだろう？　まぁ、国家機密を扱うこともあるから、気をつけるのが癖になっているだけだよ」

簡単なことのように言うけれど、それでは気持ちが休まらないだろう。でも彼は「すぐに慣れるよ」と言い、笑い話のように教えてくれた。

「ある国にいた先輩がさ、アパートが火事になった時にドアを叩かれて『火事だ！　逃げろ！』って教えてもらったって。監視されていたから助かった、って言っていたよ。こんな冗談のような話もあるくらいなんだ」

「そんなことが……」

「まぁ、かなり昔の話だけどね。盗聴は今でもあるかな。アナログ電話だとわかりやすいよ、会話する前にプツッて変な音がしたら、ああ、聞かれているんだなって。こちらも気をつけやすい」

「はぁ」

なんだか凄い世界を垣間見ているようだ。呑気に暮らしていた自分と違い、彼は常に緊張を強いられている。外交官がそんな生活だなんて、知らなかった。

「外交官って、華やかなパーティー三昧だって思われているかもしれないけど、それは本当にごく一部の話だよ」

「確かに、アフリカにいた時の一三条さんは、パーティーなんてなかったでしょうね」

「そうなんだ。僕は中東アフリカを専門にしているから、同期で北米のやつと話していると、世界が違うよ」

ははは、と乾いた笑いをしながら、一三条はサッと美玲を見て、何か言いたそうにしている。なんでもハッキリと言ってくる彼にしては戸惑っている様子に、「どうしましたか？」と首を傾げた。

「いや、怖がらせてしまったかな」

「？」

「会話が盗聴されているかも、って思うと怖いだろう？」

「あっ、そうですね。でも、さすがに日本にいる時は違いますよね」

「それはないと思うよ。僕はミリタリーではないからね」

申し訳なさそうに眉根を寄せた一三条を見て、美玲は安心させるように微笑んだ。

「だったら、気にしません。私たち、もっと怖い現場にいたくらいですから」

「確かに、内戦の現場なんて恐ろしいこと、なかなか経験できないからね」

見つめあうと、ふふっと笑いが零(こぼ)れる。あの厳しい退避時間を一緒に過ごしたからこそ、わかりあえる感覚だ。

東京タワーの温かいオレンジ色を見ながら、自然とアフリカのことを話している。これまで硬い殻(から)の中に閉じ込めた記憶を引き出していくうちに、心がふわりと軽くなる。

彼との話はまるでセラピーのようだ。笑い話にすることで、隠れていたトラウマを払拭(ふっしょく)していく。

「一三条さんと話していると、なんだか癒(いや)されている感じがします」

「僕もだよ。さすがにあれは厳しかったからね。悪夢も見たし」

「……そうでしたか」

最後に季節のマスカットのミルフィーユが届けられた。サクッとした食感と一緒に、マスカットの香りが口の中に広がっていく。お腹いっぱいと思ったのに、甘いものはやっぱり違うところに入るらしい。

「今日はたくさんいただきました」

「喜んでくれたなら、嬉しい」

「はい」

スマートに会計を終わらせた彼は、先導するように歩いていく。レストランの上階にある夜景スポットに立ち寄ると、闇を照らす光の溢れる景色が美玲を照らした。周囲にはそれほど人はおらず、まるで二人きりのような贅沢な空間になっている。

隣に立った一三条は、眼下に煌めきながら広がる夜景を見ている。そして心を引き寄せられそうな声音で美玲に語りかけた。

「美玲さん、君と……結婚を前提としたお付き合いがしたい」

「え？」

——今、結婚って言った？　そんな、まさか……

「あの……今、なんと」

「結婚を前提としたお付き合いがしたいと言った」

「結婚、ですか……？」

一三条はサラッと言うけれど、結婚を前提としたお付き合いだなんて急すぎる。なんと言っても、美玲と一三条は再会してからまだ間もない。

聡明で知的な外交官が、こんなにも短い時間でこれほど重要なことを判断するのだろうか。いや、むしろ外交官だから決断が早いのか。それでもないとしたら……

「それって、アフリカで流行っている冗談か何かでしょうか」

今度は一三条がぐっと喉を鳴らしてむせそうになった。「どうしてそうなるんだ」と呟くと、彼は真剣な顔を見せる。

「僕は冗談で結婚をほのめかすようなことはしないよ。本気だから提案している。本当は今すぐプロポーズしたいけど、さすがに早すぎると思うから自重している」

「プロポーズ……」

美玲は口の中でその言葉を繰り返す。こんな自分でもいつかは結婚したいと思っているけれど、普通、もっと時間をかけて決めるものだろう。

「あの……どうして私と、その、お付き合いがしたいって」

「美玲さんのことが忘れられなくて。過ごした時間は短いけれど、とても濃かったよね」

「だったら、友達からはじめるのが普通ではないでしょうか。いきなり、結婚前提って言われても」

「ごめん、そこは譲れない。もし、僕と恋人になれないと思うなら、きっぱり諦めるよ」

「えっ」

ぐいぐいと押されたかと思うと、急に突き放すようなことを言う。美玲の頭の中はぐるぐる錯綜(さくそう)して、もしかして自分の方がおかしいのかと思ってしまった。

――今、ここで頷かないと、この人ともう会えない……？

それは嫌だ。せっかく会えたのに、また会えなくなるなんて。

美玲はもう単純に考えようと、口を真一文字に結んだ。

――だって、一三条さんのことが、好きなんでしょ？

彼は何も今すぐ結婚しようと言っているわけでもない。お付き合いをする中で、お互いをもっと知っていけばいい。

「わかりました。結婚前提はともかく……お付き合い、したいです」

勇気を振り絞って美玲は答えた。すると一三条は美玲の両手をすかさずぎゅうっと握りしめる。

「良かった！　君に断られたらどうしようかと思っていたよ」

両手を持って、白い歯を見せるように破顔すると、一三条は「ありがとう、大切にするよ」と嬉しそうに声を弾ませた。

「あの……一三条さん？」

「美玲さん、これからは名前で呼んでいいかな。それに僕のことも。なんと言っても、恋人だからね」

「せ、誠治さん？」

「うん、どうした？」

ただ名前を呼んだだけで、誠治はいかにも嬉しそうに表情を緩めた。かっこいい顔に甘さが加わり、美玲の心臓が跳ね上がる。

「ホントに、本気、ですよね？」

「もちろん」

「あの……私、男性とお付き合いをするのは初めてなので、お手柔らかにお願いします」

「えっ」

恥ずかしくても、言いにくいことは初めに伝えた方がいい。派手な顔つきをしているけれど、美玲に男性の免疫はない。誠治に変な期待をされても困るので、美玲はありのままを答えた。

「……本当に？　凄い、信じられないな」

「あの、やっぱり面倒ですか？　この年で……その、（男女交際の）経験がないのって」

するとゴクリと喉を鳴らした誠治は「そんなことない、まったく気にすることじゃないよ」と呟くと、再び握っている手に力をこめた。

「だったら君に、初めての経験をたくさん贈るよ」

「あ……はい」

嬉しそうな笑顔を見せた誠治に、どこか怯んでしまう。まるで豹に狙われた獲物のように、ゾクリとした感覚が背筋を上る。

戸惑いつつも美玲の心はふわふわと舞い上がっていく。彼は自分にとって、ずっと忘れられなかった人だ。そんな人に結婚前提のお付き合いを申し込まれるなんて。

乾いていた心にさぁっと水が染みわたるように、美玲はかつてない喜びに包まれた。

「嬉しい、です」

「ん、僕もだ」

思春期の子どものように恥じらっていると、誠治は指を絡ませるように手をつなぎなおし、空いた方の手でスマートフォンを取り出した。

「それじゃ、電話番号を教えてくれるかな」

「あっ、そうですね」

交際を決めてから番号を交換するなんて。どれだけ前のめりだろうかと思いつつも、美玲は鞄の中からスマートフォンを取り出した。

「これ、僕のプライベートの番号だから、いつでもかけて」

「はい」

教えてもらった番号を打ち込み、一度コールする。彼も手に持っていたスマートフォンを確認した。

「橋渡美玲さんか……綺麗な漢字だね」

「そうですか?」

「うん、美玲。これからよろしく」

「こ、こちらこそ」

美玲、と彼に名前を呼ばれると、どこかくすぐったい。彼との距離が一気に近づいたけれど……誠治の駆け引きだったのかな、と思わなくもない。

はじめに結婚を前提にと言われて驚かされた。それに対して友達からと提示した美玲に、ならば諦めると突きつけ、それなら、と交際することを認めさせた。

後ろ向きだった美玲を上手にからめとり、最後は自分の方に向き合わせた。

——これって、もしかすると交渉術の一つなのかな……

じわりと熱が広がっていく。こんなにも素敵な人が恋人になるのはやっぱり嬉しいと、美玲は心を浮き立たせる。

それでも落ち着いてくると、美玲はふと気にかかったことを口にした。

「誠治さんは、以前もここに来たことがあるの？」

「……仕事でね。プライベートでは初めてだよ」

「本当ですか？」

こんなにも整った容姿を持つ彼に、今まで彼女がいなかったとは思えない。これだけスマートに案内できるなら、何度も利用したことがあるのだろう。少しだけ胸をツキンと痛めながらも、つい気になって聞いてしまう。

「本当に接待だよ。ここは会員制のフロアもあるから、秘密裡に来た要人を案内しやすいんだ」

「会員制？」

「そう、あっちのビルの上の方は会員か、その人の認めたゲストしか入れない。それほど頻繁ではないけど、セキュリティもしっかりしているから使いやすくて」

「だから、お仕事なんですか？」

「ああ、接待で高級レストランに行っても、味なんかわからないよ。通訳も頼まれると、気を遣うしね」

誠治はいかにもうんざりだ、とばかりに顔をしかめた。なんでも器用にこなしそうなのに、彼にも苦手な仕事があるなんて。ちょっぴり意外に思っていると、彼は「あ、もしかして」と言い、口を手で覆った。

「僕が他の女の人と来たと思った？」

「そんなわけでは……」

その通りだが、それを認めると嫉妬しているようで恥ずかしい。つい俯いてしまうけれど、恥じらう姿を見た一三条はくつくつと上機嫌に笑った。

「本当に可愛いな、美玲は」

「か、可愛いって……！」

こんな風に想いを寄せる男性から言われたことはない。すぐ傍に立つ彼の熱を感じ、美玲は恥ずかしげに頬を染めた。

「美玲は凄く可愛いよ。僕の過去にやきもちを焼いたんだろう？　そりゃ、何もなかったわけじゃないけど、これからは美玲だけだと約束するよ」

「そんなこと言って……私に失望するかもしれないのに」

「どんな君でも、大好きなままでいる自信はあるけど」

美玲はハッとして顔を上げる。聞き間違いでなければ今、誠治は美玲のことを好きだと言ってくれた。

「本当に？　私のこと、好きって」

「ん、どうした？　美玲のことが好きだと……あ、言ってなかったね」

誠治は言葉で想いを伝えていなかったことを思い出すと、背を丸めて顔を近づけ、美玲の耳元に口を寄せた。

「好きだけじゃ足りない。大好きだよ、美玲」

「――――！」

しまう。

ドクン、とひと際大きく心臓が跳ねる。口元を結んで息を止めた美玲は、首元から顔を赤くして
「そっ、そういうことを……二人きりじゃないところで言わないでくださいっ」

「だったら二人きりなら、何をしてもいいんだね」

「も、もうっ！　ダメです！」

何を言っても彼には勝てそうにない。好きだと伝えただけで、顔を真っ赤にして恥ずかしがる美玲を見て、誠治は嬉しそうにくっと口角を上げた。

「残念だな」

まったく残念そうでもなんでもないようなそぶりをして、誠治は絡めた手を強く握りしめる。余裕のある大人の雰囲気が醸(かも)し出され、それだけで美玲の身体が熱くなる。

慣れないことの連続で、あわあわとしているのを気づかれないように髪を耳にかける。すると耳元が真っ赤になっているのを誠治は見逃さず、蕩(とろ)けそうな瞳で美玲を眺めて囁いた。

「美玲……大丈夫。後悔なんて、させないから」

腰に響くような低い声で囁かれ、美玲はますます頬を赤く染めるのだった。

二人の交際は順調にいくと思われたが、そうでもなかった。

夜遅くまでクラスを受け持つ美玲が自宅に着くのは、どうしても遅くなる。平日は誠治も日付の変わる時刻まで残業していることが多い。特に国会の開かれている時期は忙しく、メッセージを送っ

ても既読もつかない。

週末は休みの誠治に対して、美玲はそうでもない。休日に学ぶビジネスパーソンが多いため、美玲も土日のどちらかは仕事が入ることが多い。反対に平日に休みがあっても、誠治は忙しい。

結局、交際しているといっても会える時間は少なかった。

「美玲、今度の日曜はどうかな」

「午前中にプライベート・レッスンが入っているけど、午後は空いたよ」

「だったら、学校まで迎えに行くよ」

ようやく重なった二人の休日。美玲の勤める語学スクールのビルの一階にあるコーヒーショップで、誠治は美玲が出てくるのを待っていた。

白のVネックカットソーに紺色のジャケットを合わせ、細身のブラックジーンズを穿いている。白地にラインの入ったスニーカーと、スーツ姿の多い彼にしてはカジュアルな服装をしていた。

椅子に腰かけ足を組みながら、電子書籍を読んでいる。その姿だけで通りかかる女性の視線を集めていた。

「ねぇねぇ、美玲。さっき一階にモデルみたいにかっこいい人がいたよ」

「モデルって、男性？」

「うん、一人で本読んでいたけど、絶対に業界の人だと思う。オーラが違った」

「オーラが違うって、どんな感じ？」

たまたま休日出勤が重なったちなつが、興奮した様子で声をかけてくる。昼休憩に入り、ちなつはコーヒーショップでサンドイッチを買い、戻ってきたところだった。

「今日は午前で終わりだから、帰りにちょっと覗いてみようかな」

「だったら私も一緒に行くよ。まだ時間あるから」

誠治から待っているとメッセージが届いていたので、荷物をまとめた美玲は、ちなつと一緒に一階へ下りていく。そのモデルを眺めてから誠治に声をかければいいかな、と呑気に考えていた。

「あれ！　あの隅にいる人。かっこいいでしょ？」

「どれどれ？　って、えっ！」

ちなつの指し示す先にいたのは、真剣な顔をして本を読む誠治だった。まつ毛の影を目元に落としながら、一心に読みふけっている。とてつもなくかっこいい。

「はぁ……素敵。彼女とかいるのかな。いるよねぇ」

「は、はは」

その彼女が自分だと言っていいのだろうか、こうした場面は初めてのことで、美玲は思わず固まってしまう。

すると顔を上げた誠治が、美玲を見つけて片手を上げた。

「えっ、なにっ、ちょっと、今こっち見たよね？」

「う、うん。そうだね」

だって彼氏だから。そう伝えようとしても興奮したちなつは、美玲の腕を引っ張ったままだ。鞄に電子書籍リーダーを入れた彼は、立ち上がると美玲の方に向かって歩いてくる。

「あ、あのね。実はあの人は」

「えーっ、こっちに来るよ？　ね、美玲。どうしようっ！」

説明しようとしても、ちなつは聞いていない。慌てている間に、彼はすぐ近くまで来てしまう。

「美玲？　仕事はもう終わった？」

「う、うん」

爽(さわ)やかな微笑みを浮かべた誠治が、親しげに美玲に話しかける。その様子を見たちなつは「えっ？」と目を丸くして口をぽかんと開けた。

「あの、こちらは安斎ちなつさんで、語学スクールの事務をされているの。で、こちらは一三条誠治さんで、……私の彼なの」

「彼？　彼って、あの外交官の彼氏？　えっ、こんなにかっこいい人なの？」

驚きをそのまま口にしたちなつは、二人を交互に眺めている。そして美玲を見ると「そっかぁ！」と嬉しそうに肩を叩いた。

「もうっ、こんなに素敵な人なら、教えてくれたら良かったのに！　写真も撮ってないって言うから、知らなかった」

「そうだね、二人で写真撮ったことなかったから」

はにかみながら答えると、ちなつは嬉しそうに誠治に顔を向けた。

「はじめまして、安斎です。美玲からは毎日彼氏のお惚気(のろけ)を聞かせてもらっていました」

「はじめまして、一三条です。その、美玲が惚気(のろけ)ていたって、本当？」

「本当ですよ！　素敵な人だって。週明けはいつも幸せオーラがダダ漏れで」

「ダダ漏れ」

「もうっ、ちなつ！　そこまで、そこまででいいからっ」

美玲は暴露するちなつに慌てるけれど、誠治は嬉しそうに顔をほころばせる。破壊力のある笑顔を間近に見たちなつは、「うっ、眩しい」と呟いて美玲に囁いた。

「ねっ、二人の写真撮ってもいい？　こんな美男美女カップル、眼福だから」

「写真はいいけど、だったら私のスマホで撮ってくれる？」

「いいよ、貸して」

美玲はロックを外して写真ソフトを起動させると、ちなつにそれを渡す。人が入り込まないように注意して、壁際に二人で並んで立った途端、誠治が美玲の腰に腕を回した。

「きゃっ」

「写真なら、このくらいくっつかないと」

「は、はいぃ……」

これまで手をつなぐことはあっても、それ以上近づいたことはなかった。ぴったりと寄り添う彼の身体から、男らしい逞しさを感じる。

美玲はいきなり近付いた彼の熱に驚きながらも、そっと肩に頭をもたれさせた。

「じゃ、撮りますよー！」

パシャッと電子音が鳴る。「美玲、笑って」と言われ、もう一度スマートフォンを向けられた。

ぎこちなくても笑みを浮かべ、写真を撮ってもらう。ちなつに返してもらったスマートフォンの画面の中には、いかにも幸せそうに寄り添う二人が写っている。

画面を覗き込んだ誠治は、「お、いい感じ」と言って画面を共有させるように操作した。

「これ、待ち受けにしてもいい？」

「いいけど、仕事とかに支障は出ないの？」

「大丈夫だよ。ネット上に流さなければね」

ちなつもそのあたりはわきまえているのか、うんうんと頷いている。そして画面を見ながら、思いついたように呟いた。

「でも、一三条さんって誰かに似ているような……あ！　今の官房長官！　確か同じ一三条ですね」

ニコッと笑いながら話しかけるちなつに、誠治は身体を強張らせた。

「そうかな」

美玲は誠治を見上げると、彼はなんの反応もしていない。ただ、聞き流すようにスマートフォンを操作している。

「あ、もう時間になっちゃった。美玲、あと彼氏さん、また話を聞かせてくださいね！」

「うん、またね」

ちなつは急ぎ足で仕事に戻っていく。彼女を見送った美玲が誠治を見上げると、先ほどよりは幾分か表情が和(やわ)らいでいた。

「誠治さん、どうしたの？」

「いや、美玲が僕にぞっこんなのがわかって嬉しい。僕ばっかりが好きだと思っていたからさ」

「えっ、そ、そんなこと……私も好きだよ？」

顔をコテンと傾げた美玲を見た誠治は、「うっ」と唸ると口を手で覆った。

「僕の彼女が可愛すぎる」

「え、何か言った？」

「……いや、後で教えるよ」

誠治は美玲の腰元に添えた手をそのままに、誘導するように歩きはじめる。今日は車を用意しているから、駐車しているところへ案内するようだ。

「ドライブして、海を見に行こうよ。湘南の海も綺麗だよ」

「湘南にドライブって、定番デートコースみたい」

「みたいって、本当にそうだから。さ、行こうか」

レンタカーだからと、誠治はツーシーターの車を用意していた。もう冬に近いから、オープンカーにして走るのはちょっと寒い。

美玲はベージュ色をした飴色ボタンのシャツワンピースを着ていた。首筋にはレースタイプのハイネックがのぞく。クラスがあるときはまとめている髪を、今日はふわりと遊ばせて片方の肩に流していた。

くるぶし丈の茶色のショートブーツに、同色の鞄を合わせている。生徒からは「先生、今日はなんだか可愛らしいですね」と声をかけられていた。女の人は、そうした変化に敏感だ。照れてしまい「そうかな」と流したけれど、やはり普段よりは気合が入っている。

――やっぱり、誠治さんに可愛いって、言ってもらいたい……

助手席のドアを開けてもらい、シートに座る。運転席に座った誠治は、手を伸ばして美玲のシートベルトを締めた。

「車には乗り慣れてない？」

「東京では、まったく乗らなくて」

誠治が近づくたびにトクトクと胸が高鳴る。まずはランチにしようと、少し走らせると誠治はイタリアンレストランに駐車した。

初めてのデートでは奢ってもらったけれど、なるべくならイーブンでいたい。誠治は頷いたものの、二人でいる時に美玲が財布を出そうとすると、いつも止められてしまう。

東京で一人暮らしをしている美玲には、貯金をするほどの余裕はない。にもかかわらず、おしゃれに気を配るようになったから出費は重なるばかりだ。

「女の人はさ、いろいろとお金がかかるよね。それに僕が行きたいところに行くことが多いから、僕が負担する。時々、君にも出してもらう。それでもいい？」

そこまで言われると、頷くしかない。美玲は誠治に甘えることにした。

アフリカでも、富める者が支払いをするのは当たり前だった。その代わり、時折自分にできるほんの少しを気持ちとして返す。マリアから貰った乾燥イチジクを、美玲は忘れられないでいた。

「誠治さんはパスタ？」

「たまには分けようか。二人で違うものを頼んでさ」

レストランには二人用のセットメニューがあり、パスタとピザが入っている。それを頼むと、シェアするためのお皿もついてきた。

美玲は日本で、シェアをして食べる経験をあまりしたことがない。母親とレストランに行っても、それぞれ好きなものを頼むだけだった。学生の頃は友達と出かけても、やはりそれぞれ別のものを頼んでいた。

「私、レストランで男性とシェアするの、初めてかもしれない」

「おっ、また美玲の初めてが貰えたな」

「うん」

誠治との付き合いが深まるごとに、初めてが増えていく。美玲は自分の世界が広がることに喜びを感じていた。

食事を終えて車に戻ると、誠治は色のついたメガネをかける。運転していると日差しがきついから、と普段と違う姿にドキリとする。

――また、かっこよくなってる！

まるで映画の中に出てくる俳優のように、車を運転していた。時折陽気な音楽をかけながら海岸を目指して走ると、気持ちは自然と浮き立ってくる。

海岸沿いに車を止めた誠治は「着いたよ」と美玲のシートベルトを外した。

フロントからは遮（さえぎ）ることのない日が射し込み、目を細めた美玲に誠治は顔を寄せる。

「美玲……キスしても、いい？」

「えっ」

気がついた時には、顎を持ち上げられていた。真摯な瞳で見つめられると、否とは言えない。「うん」とか細い声で答えた途端、覆い被さるように彼の唇が美玲の小さな唇を覆う。

「んっ」

二度、三度とついばむように唇が重なる。初めてのキスに顔を赤くした美玲に、誠治は「可愛い」と言い頭を撫でた。

「もしかして、ファーストキスだった？」

「そう……です」

「やった、また初めてを貰えた」

上機嫌になった誠治は、「止まらなくなるから、海を見に行こうか」と言って手を頬に添える。彼の肉厚な唇に触れていたくて、美玲は思わず本音を口にしてしまう。

「また後で、してくれる？」

「えっ」

今度は誠治が目を瞬かせる番だった。恋愛事に奥手だと思っていた美玲から、誘うような言葉を聞いて動きを止める。

「キスするの、気に入った？」

「うん。……もっとしてほしいって、おかしいかな」

「おかしくない。美玲はもっと素直になって、僕にしてほしいことを伝えて」

うん、と頷いた途端に再び誠治の唇が重なる。今度は食むような動きになり、いつの間にか唇の裏側を重ねていた。

「美玲、口を開けて」

湿った声を出した誠治が、甘やかな息を吐きながら美玲に囁く。そっと開くと、待ちわびていたとばかりに舌先が入り込んでくる。

「んっ、んんっ……んっ」

美玲の声が鼻を抜けていく。彼の舌が柔らかい頬の裏側を舐め、美玲の舌に絡むように蠢く。まるで蹂躙するように、普段の誠治からは想像できないほどの熱量をもってキスをされた。

「はぁっ」

「美玲……美玲、好きだ……ああ、俺の」

溢れる欲情を抑えることなく、誠治は美玲の唇を貪った。助手席のシートに座る美玲に被さるように、誠治が身体を寄せている。外から見られると、何をしているのか一目瞭然だろう。

「んっ、や、ダメ……誠治さん、見えちゃう」

「ダメじゃないよ」

一度唇を離した誠治は、上気した頬を撫でると蕩けた目を美玲に向けた。

「もっと、美玲が欲しい」

「……どういうこと？」

いくら恋愛に疎いといっても、結婚を前提に付き合っている彼から求められることの意味がわからないわけではない。ただ、キスもしたことがなかったから、突然来るとは思っていなかった。それに、これまで紳士的に振る舞っていた誠治がまさか、豹変したように美玲を求めてきた。それでも身体の奥が疼き、彼に触れてほしいと願う自分もいる。

声を震わせながら、美玲はすぐ近くにある目をまっすぐに見た。

「あー、ダメだ。やっぱり止められなくなる」

誠治は降参とばかりに美玲の肩口に頭を乗せると、「落ち着け、俺……」と呟いている。

美玲は自由になった手で、そっと誠治の頭を撫でた。普段は見るだけの彼の髪は、意外と柔らかい。整髪料で固めていない髪で遊ぶように、くるりと指に絡める。こんな風に、身体を近づけるのも何もかも初めてだ。

「誠治さん、せっかくだから海が見たいな」

「……わかった」

顔を上げた彼は、なぜか恨めしい目をして美玲を見ている。最後にちょっとだけ、とチュッと音が鳴るようにキスを落とし、誠治ははぁと息を吐いた。

美玲の頬に手を添えながら、誠治は努めて明るい声を出す。

「美玲、今度の休みはどこか泊まりに行こうか。温泉とか」

「温泉って、お泊まりで？」

「そう。約束があれば今日はキスだけで止められるから」

泊まりで旅行するということは、最後まで求められているのだろう。美玲はキュッと口を引き結ぶと、コクンと頷いて顔を上げる。

「一緒に泊まることの意味、わかっている？」

「……さすがにわかります」

「良かった。君は時々鈍感だからね。それほど遠くないところで、いい宿を探しておくよ」

いかにも楽しみだ、と飾らない笑顔を見せた誠治を見て、美玲は「やっぱりこの人だ」と覚悟を決めた。

奔放な母親のようになりたくなくて、恋愛にはどうしても臆病になっている。けれど、誠実な彼ならば嘘も、騙すこともないだろう。

美玲はにこりと笑うと「私も楽しみ」と言って微笑んだ。

第三章

――海を見に行くと言えば、車の方がいいよな。それに車なら、美玲も恥ずかしがらないかも……

この日のドライブデートのために、誠治は入念に調べて用意をした。女性に人気の車種を選び、丁寧に運転する。車内でかける音楽も、最近の流行りのものをダウンロードした。

華やかな外見をしているにもかかわらず、美玲はかなりの奥手と言える。付き合いはじめてから、まだ手を握ることしかできていない。けれど、いいかげんもう少し先に進みたい。

誠治は自分が女性を惹きつける容姿をしていることを、うぬぼれでなく知っている。年齢が上がるに従い、上手にあしらうこともできるようになったが、思春期の頃は本当に大変だった。

押し寄せる女性を避けるために、あたかも婚約者であるように振る舞う幼馴染を利用させてもらった。彼女には事前に説明をし、納得してもらっていたが、それでも近づいてくる女性はいる。

そういった女性たちは、大学受験があるから誰とも付き合う気はないと断っても、まるで人の言うことを聞かない。

女性に辟易していた頃、志望していた大学に合格した。幼馴染にも、これ以上お互いに誤解が生じることは良くないと話し合い、それを最後に二人きりでは会っていない。

学生時代、聡明な女性に惹かれ付き合ったこともあるが、長くは続かなかった。そのうち国家公務員試験の勉強のため、自分の時間が殆どなくなる。

念願叶って外務省に入省すると、しばらくは語学に集中する必要があった。フランス語を選択してからは、とにかく夢中になって学んでいた。

ようやく派遣されたアフリカでは、内戦が激化していく。アラビア語も堪能なため、覚悟して駐在していたが最悪の事態となった。

そんな時に、彼女に出会った。

――橋渡美玲。

電話で話し、彼女の落ち着いた声が不思議と耳に残った。あの時は大勢を相手にしていたのに、彼女のことがやけに気にかかった。

地方都市にある非営利団体の診療所で、連絡調整員をしている。入国と共に大使館に届けられていた情報では、以前はフランス国籍を持っていたとあった。

「厄介なことにならなければいいが」

国外退去となると、国籍確認が必須となる。電話で話した限りでは、自然な日本語を使っているから問題はないと思われたが、実際に会ってみないことには確実ではない。

その日、集合場所となっている日本大使館に彼女が藤崎医師と到着した。大勢人が行きかう中で、彼女と目が合った途端――心臓が跳ねた。

――なんて、綺麗な人だ。

化粧も何もしていない、着飾ってもいない。けれどまとう雰囲気が明らかに違う。お淑やかなようでいて、芯の強さを感じさせる瞳。思わず目が離せなくなる。

砂埃の舞う道路を歩いたのだろう、髪にも砂がついている。断水が続く状態では満足にシャワーも浴びることはできない。いくら乾燥しているとはいえ、女性であれば厳しい環境だろう。

それなのに、不満を顔に出すことなく微笑みさえ浮かべている。

不安な表情をしている子どもに声をかけ、母親を励ましていた。自分は若く元気だからと、大使館職員の手伝いを買って出てくれる。フランス語も英語も堪能なため、現地採用の職員ともすぐに打ち解けていた。

緊迫した状況であっても、いや、こうした状況だからこそ、彼女の内面の美しさが表れている。

――強い女性だ。

目の端に留めながら、彼女の名前を心の中で反芻する。この状況を切り抜けることができたら――と。だがその前に、やるべきことをやる。それが今の自分の使命なのだから。

大使より、大使館職員はなるべく分かれて移動することを命じられた。万一攻撃された場合に備えてのことだ。

藤崎医師の車には車載無線が取り付けられていたこともあり、自分が乗ることになる。自衛隊で訓練を受けていた経験が功を奏し、連絡調整をする役割を仰せつかった。

彼女が後ろの座席に座っていたけれど、無線から流れる情報を聞くことに集中する。時折こちらからも情報を流しつつ、車列は時に進まない。

途中でタイヤ交換が必要となり、彼女に無線を任せると――なんと上手に使いこなし、急患を助けていた。

――やっぱり、優しくて強い女性だ。

感心していると目が合って、自然と笑みが零れる。こうした状況でも笑顔になれるとは――誠治はぐっと気持ちを引き締めた。日本に無事帰ることができたら、彼女とまた会いたい。誓いにも似た気持ちを持って、チラシに自分のメールアドレスを書き加える。

それを最後に渡したけれど……いくら待っていても彼女からの連絡は来ない。

退避行動の後処理を終えると、帰国するように辞令が下りた。日本に帰る――彼女に会える。いや、なんとしても捜し出して会いに行こう。

まずは所属していた非営利団体に連絡したところ、なんと退職して今はどこにいるのかわからないという。ならばと藤崎医師に連絡を取ると、彼も転職先を知らないという。

最近は個人情報の保護が叫ばれているため、容易に彼女の連絡先を教えてもらえない。

このままでは、彼女に会えない。焦りはじめていた中、毎年外務省が協賛して開催している国際協力イベントで、アフリカについて話すようにと命じられた。

これはいい機会かもしれない。彼女のことだから、どこかでボランティアをしている可能性がある。期待を胸に膨らませて会場入りするが、なかなか忙しくて探しにいくことができなかった。

講演の時間となり、壇上に立つ。さーっと会場を見渡すと、後ろの隅に彼女らしい人を見つけ、つい見てしまう。一時間もない講演中、彼女ばかりを見るわけにはいかない。全体を見るように気を配りながらも、どうしても視線を向けてしまう。

――やっぱり、彼女だ！　僕の話を聞いてくれている！

自ずと話す内容に力が入った。課長からは好きに話していいと言われたから、アフリカの魅力をたっぷりと伝えたい。すると、終わりの時間はすぐに迫る。最後の挨拶を終えたところで、拍手を受けていると……

――彼女がいない？　いや、いた！　だが、帰ろうとしている！

「美玲さん、待ってくれ！」

マイクがあるのも忘れ、叫んでしまう。会場いっぱいに響いた声に驚いた彼女は、足を止めて振り向いた。

――よしっ！

司会者に謝って壇上から飛び降りる。階段を一つ飛ばしで駆け上がると、さすがに息が切れる。目を見開いている彼女に近づいて、乱れた髪を整えながら声をかけた。

「久しぶり。元気だった？」

彼女は大きな目をぱちぱちと瞬(しばた)かせながら――たまらなく可愛い仕草でこくりと頷いた。

その後はホテルに移動して、レストランに誘う。あれほどの経験をしたのに、もう一度アフリカに行きたいと聞いて決心が固まった。

――ずっと一緒にいるなら、彼女がいい。

自分の講演を聞きに来たくらいだから、印象が悪いとは思えない。むしろ好意を持っていると思い、揺さぶりながら交際を提案した。

我ながら少々意地悪かと思いつつも、ここで彼女を捕まえておきたくて必死だった。

改めて彼女を見ると、ふっくらとした唇にきめの細やかな白い肌。ぱっちりとした二重の目は少し色が薄くなっている。アフリカで会った時と違い、女性らしいロングスカートを穿(は)いていた。首元から見えるレースのハイネックがどこかなまめかしい。

すらりと伸びた手足に、スリムながらも丸みを帯びた身体つきをしている。花のような香りをまとい、はにかんだ笑顔さえ眩しく目に映(は)えた。

――こんなにも、綺麗な人だったんだな……

彼女から目が離せない。さらに躊躇(ためら)いながらも美玲は交際の申し込みを受けてくれた。

心を浮き立たせて話を続けると、なんと男性と付き合うのは初めてという。こんなにも美人の彼女が、これまでアプローチされなかったとは思えない。過去に何か、きっと引っかかることがあったのだろう。

それらを丁寧に解(ほぐ)すためにも、ゆっくりと、紳士的にと自分を抑えながら交際を続ける。彼女と過ごせば過ごすほど、自分の直感は正しかったと思い――愛が深まっていく。

男性が苦手なようだが、自分が触れることに抵抗がないことを確認しつつ、一つ一つ進めていく。

ドライブをして雰囲気を高めたところでキスをして、ようやく。

美玲と泊まりでデートをする約束を取り付け、誠治の胸が期待で高まった。

◆

ようやく二人の休日が重なった週末、誠治は近郊にある温泉旅館を予約していた。前回と違い、荷物もあるだろうと今日はセダン車を借りている。

土曜の午前はどうしても外せない仕事が互いにあり、午後の遅い時間に出発する。途中で早めの夕食を済ませ、旅館に到着すると美玲は声を上げた。

「凄い……こんな豪華な旅館に泊まるの、初めて」

「良かった。部屋にもお風呂があるみたいだから、人目を気にしないでいられるかな」

「そ、そうだね……」

家族風呂と聞き、思わず顔が火照る。誠治はもしかすると、一緒に入りたいとか言ってくるのだろうか。抱かれる覚悟はしているけれど、そこまではさすがに勘弁してほしい。

旅館の中は、和風モダンの内装が施されていた。月をテーマにしているのか、至るところに木でできた月が飾られている。温泉旅館でありながらも、ホテルのようにプライベートを重視したサービスになっていた。

二人きりの時間を大切にしたいからここを選んだと、誠治は当たり前のように言うけれど。

その意味することを考えると、瞬く間に緊張してしまう。なるべく考えないようにしながら、美玲は部屋の中に足を踏み入れた。

「わぁ、森の中にいるみたい」

川沿いに建てられた客室の窓からは、自然の深い緑しか見えない。窓を開けると、川のせせらぎと、鳥のさえずりが聞こえてきた。風が吹くと、新緑の新鮮な空気が入ってくる。

「こんな素敵なところ……誠治さん、ありがとう」

にっこりと微笑むと、誠治は「どういたしまして」と言いながら荷物を下ろした。

車を運転してくれた彼を労わるように、美玲はお茶を淹れてソファーに座る彼の前に置いた。すると隣に座るようにと、座面にぽんと手を置かれる。

「おいで、美玲。君の席はここだよ」

「うん」

座った途端、腰を引き寄せられ身体が密着する。最近、誠治の方からこうして触れることが増えていた。

「キス、してもいい？」

「毎回、確認しなくても大丈夫なのに」

海を前にキスをしてから、何度も口づけを交わしている。さすがに美玲も慣れてきたから、いちいち確認しなくてもと思う。けれど誠治は常に、美玲に触れる時は気遣ってくれた。

「わかった」

返事を聞いてすぐ、誠治の唇が触れる。はじめは優しく置かれるだけの唇が、次第に熱を帯びて深くなる。下唇を舌でなぞられて、優しくノックされた。開けて、という合図だ。

「んっ……ふぅっ……っ」

唇の裏側を重ね、はしたない息を零す。ゾクゾクとした疼きが体を駆け上がってくると、誠治の手が美玲の肩に触れた。

「美玲、ここに座って」

「そんな……重いよ」

「大丈夫だから」

彼の太ももの上に横座りすると、スカートがずれて太ももが露わになる。「キャッ」と小さく叫ぶと、「隠さなくていいよ」と言って誠治の手が触れた。

「撫でてもいい？」

「……うん」

節くれだった男の手が美玲の肌を撫でる。不安定な姿勢だったから、首の後ろに腕を回すと、誠治が嬉しそうに目を細めた。

「そう、もっと近づいて」

「う、うん」

躊躇(ためら)いながらも、胸を彼の胸板に押しつけるように当てた。

「美玲、もっと……好きだ、美玲」

唇を食(は)むように重ねていると、彼の手が太ももの外側を這い上がってくる。美玲のまろやかな臀(でん)部(ぶ)に到達すると、ショーツの縁(ふち)をそっとなぞった。

「んっ」

思わずびくりと身体を震わせる。誰にも触れさせたことのない尻たぶに、彼が触れている。

「怖くない？」

「……大丈夫だけど、でも」

「でも？」

熱を帯びた目で見つめられ、ちゅっと愛しむように唇を吸われると言い出しにくい。けれど、やっぱり。

「まだ、身体を洗ってないから……最後までは、ちょっと」

「ああ、そうだね。でも、もうちょっと味見させて」

掠れた声を出した誠治は、再び手をもぞもぞと動かしてショーツの上から撫でまわす。スカートはすでにあられもなくめくられていた。

「美玲、可愛いよ」

甘やかな声で囁き、誠治は口づけを再開する。重量のある舌で頬の裏側をなぞられ、息もできないほどに貪られる。んんっとくぐもった声を出しながら、美玲は彼にしがみついていた。

彼が情欲を含んだ瞳で見つめている。その色気のある視線に晒されると、自分がまるで違うものに作りかえられるようだ。

身体の奥が疼き、もっと、と思ったところで誠治は唇を離すと、二人の間を銀糸がつーっと糸をひいた。

「これ以上すると、止められなくなるから。美玲、この続きはまた後で」

「……っ、はい」

こつんと額と額をくっつけた誠治が、はぁ、と吐息交じりに呟き俯いた。美玲は彼の横髪をそっとつまむと、後ろに流す。

「誠治さん。私、大浴場に行ってくるね」

「ああ」

身体の奥に中途半端な熱を感じながらも、美玲は膝から降りて用意をする。さすがに、まだ誠治の目の前で裸になって備え付けのお風呂に入る勇気はない。なんと言っても、部屋と風呂の間にあるのはガラス面で、裸になると全てを見られてしまう。

部屋に置かれた浴衣と半纏を手に持ち、美玲はそそくさと部屋を後にした。

脱衣所で裸になると、髪を一つにくくり上げる。濡れないようにお団子を作り、サッと湯を浴びた。露天風呂の景色を味わう余裕もなく、美玲は身体を洗い上げることに専念する。これから彼が、この肌に触れるかと思うと頭が沸騰するようだ。

美玲は紅色の浴衣に着替えると、髪をアップにして落ちないように髪留めでとめた。薄く化粧をして、唇に紅を落とす。やっぱりいつでも、彼の前では綺麗でいたい。

上気した頬をそのままに部屋へ戻ると、誠治もさっと湯を浴びたのか濃紺の浴衣姿になっていた。角帯を腰で締めている。美玲が「お待たせしました」と伝えると、目元をサッと赤くした。

「浴衣姿も、綺麗だね」

「あ、うん。誠治さんの浴衣も、素敵だよ」

装いが変わるだけで、どことなく気恥ずかしい。さっきまできわどいことをしていたのに、違った恥ずかしさが込み上げる。

——誠治さんの、色気がダダ漏れだから、仕方がない……！

互いに風呂上がりというのが、ここまで破壊力があると思わなかった。美玲の露わになったうなじを見て、ゴクリと喉ぼとけを上下させた誠治は美玲の手を取ると、ベッドの端に腰かけるように連れていく。

ぽすん、とふかふかのベッドに二人で座ると、誠治は美玲の腰元に手を当て引き寄せた。木綿の布地越しに身体が触れ合い、彼の男らしい腕が美玲を抱きしめる。

トクトクと耳の奥に鼓動が響き渡る。誠治だから、彼だから大丈夫だと美玲はそっと太い胴に腕を回した。

「大事にする。美玲、だから触れてもいい？」

「うん、私も誠治さんに……触れてもいいの？」

「もちろんだよ」

ぐっと腕に力をこめ、首元に顔を寄せた彼は美玲の耳元で囁いた。

「愛しているよ、美玲。こんなにも、君を求めたくなるなんて……自分でも信じられないくらいだ」

「誠治さん、私も、好き」

美玲は自分の奥で芽吹いた欲求のままに、誠治の背中を撫ではじめた。——もっと、触れたい。

「美玲、くすぐったいよ」

くすりと目元をほころばせ、誠治はちゅっと音を鳴らして美玲のうなじに吸いついた。誠治の髪からは、果実のような甘いシャンプーの匂いがする。

彼の髪をくしゃっと手で崩すと、ふわりと香りが漂う。ふふっと微笑むと、誠治は安心したように顔を上げた。

「余裕があるみたいだな」

「えっ」

身体が離れたかと思った途端、腰元を縛る帯をほどかれた。しゅるりと緩められた帯がベッドの下に投げられると、浴衣(ゆかた)の重なる襟元に誠治の手が触れる。

「脱がすよ？」

答える間もなく、肩口から袖が引き抜かれた。あっという間に下着姿が彼の目の前に晒される。この日のために、悩んで選んだのはベージュ色のシルクの下着だ。

「綺麗だ、美玲。凄い……本当に君はなんて美しいんだ」

まるで宝石を愛でるように身体の線を視線でなぞる。ゴクリと喉を鳴らした彼が美玲の背中に手を回してフックを外すと、途端に自由になった二つの乳房がふるりと揺れて現れた。

「うわっ、凄いな」

熟れた果実のように、たわわに実る白い乳房が揺れている。普段はなるべく気づかれないように、タイトな服を避けていたから、誠治もわからなかったのだろう。

今までは胸を見る男性の視線が苦手だったけれど、誠治は違う。彼が喜んでくれるなら……でも、部屋はオレンジ色の灯りになっているとはいえ、美玲は恥ずかしさから腕で覆い隠そうとした。

「隠さないで。僕にもっと見せて」

腕を取られ、彼の目の前で開かされる。ショーツ一枚となった姿をまじまじと見られ、美玲の顔に血が上った。

「恥ずかしいよ……もう、私ばっかり」

「そうだね、ごめん。僕も脱ぐよ」

誠治が角帯をほどき、さっと浴衣を脱ぎ捨てると均整の取れた体躯が目の前に現れる。細身に見えて、全身にはぴっちりと硬い筋肉がついていた。まるで彫刻のように優れたバランスの身体に、男らしい喉ぼとけ。汗を流したばかりの肌からは、仄かに雄の匂いが立ち上る。

黒のボクサーパンツの中央が盛り上がっているのに気がつき、美玲はサッと目を逸(そ)らした。

——あ、あんなに大きくなってる……

初めて見る男の昂(たかぶ)りに、美玲は怖気(おじけ)づいてしまう。そんな彼女の戸惑いを取り去るように、誠治が優しく声をかけた。

「大丈夫だよ、美玲。まずは、僕を感じてほしい」

「う、うん……」

誠治はまるで触れると崩れてしまう菓子に触れるように、美玲をゆっくりと包み込む。素肌と素肌を合わせるのは、大人になってから初めてだ。あまりにも硬い皮膚の感触に、自分とは違う性を感じる。

「あぁ、柔らかい。美玲はどこも、ふわふわしているな」

誠治も同様に、滑(なめ)らかな肌に触れ違いを味わっていた。抱きしめながら、背中を撫でて美玲を落ち着かせようとしている。

「どう？　少しは慣れてきた？」

「うん、まだドキドキしているけど、大丈夫」

「良かった」

ふーっと誠治は息を吐くと、「胸を触りたいけど、いい？」と問いかける。男の人は、こんなにも一つ一つの動作を確認するものなのか。他に経験がないからわからないけれど、きっと誠治の根が生真面目で、自分を気遣ってくれているからだろう。

「うん」

返事をすると、誠治は乳房を持ち上げるようにして両手で包み込んだ。

「なんて柔らかいんだ。僕の手に余るほどもあるなんて……たまらないよ」

しっとりとした肌に、ぷるんと揺れても形の崩れない乳房。白くまろやかな双丘は、途端に雄を誘惑するように彼の手によって姿を変えた。

「っ……ああっ……ぁ……ああっ……っ」

あられもない声が漏れてしまう。胸を揉まれるだけで、こんなにも気持ちがいいとは思わなかった。ゆっくりと揉みしだかれながら、二つの指で先端を摘まみ上げられる。

身体の中心から湧き起こる疼きが、美玲の全身を支配していく。

――なんて、気持ちいい……

好きな人からの愛撫が、これほど感じるものと思わなかった。この先にある痛みを和らげるように、誠治は優しい手つきで乳肉を揉みしだいている。

赤く色づいた先端が硬くしこる。少し大きめの乳輪を指でなぞった誠治が、その実を口に咥えた。

「んっ、あっ」

ぴりっとした刺激が甘く響く。口の中で弄ぶように甘噛みされ、美玲はあられもない声を上げた。

「そんな……誠治さんっ、ああんっ」

「声、もっと聞かせて」

ちゅぱっと音を立てて口を離したかと思うと、今度は隣の先端に口づける。舌先で乳嘴を撫でながら、大きな手で乳房を持ち上げる。後ろに倒れそうになると、誠治は片方の手を背中に回し、抱き寄せた。

「美玲、ベッドに寝かせてもいい？」

「う、うん」

ベッドの中央に移動すると、ゆっくりと身体を横たえる。誠治は美玲の上に覆い被さるように身体を添えた。

「美玲、好きだ……ほんと、可愛いな……」

「あっ、ン……っ、誠治さんっ……もっ、あ」

劣情を滾らせた誠治が、胸に吸いついて離れない。普段はクールで、時には厳しい彼がまるで赤ちゃんが甘えるように乳房を撫でまわしている。

肌が触れ合い、熱がこもっていく。もっと触れてほしいと、美玲は腰をもぞもぞと動かした。すると、誠治の腰にある昂りが太ももにあたる。十分に滾ったそこは、硬くなっていた。

「ね、私も触ってもいい？」

確認するように声をかけると、誠治は「何？」と甘えた声で答えた。

「誠治さんのここ、見てみたい」

腕を下の方へ伸ばし、昂りを布の上からそっと撫でる。すると誠治が体をピクッと小さく震わせた。

「……怖くないか？」

「知らない方が、怖いかも」

「そっか、美玲は初めてだからな。ちょっとグロいかもしれないけど」

「う、うん」

その形とか、まったく何も知らないわけではないけれど。昂った本物をこの目で見るのは初めてだ。好奇心を抑えることができず、美玲は上半身を起き上がらせる。

ボクサーパンツを脱いだ誠治は、ベッドの上に膝立ちした。彼の中央には、まるで槍のようにまっすぐに陰茎が勃っている。猛々しくそそり立つ怒張には血管が浮かび上がり、黒光りしていた。

「おっきい……こんなにも、大きいものなの？」

「どうかな、僕はそんなに性欲がある方だと思わなかったけど、美玲を前にすると違うみたいだ」

亀頭からは透明な汁が滴っている。顔を寄せると、むわっと雄の匂いが立ち込めた。

「触ってもいい？」

「ああ」

美玲は細い手を伸ばし、先端を避けて陰茎に触れた。見た目以上に滑らかな肌をしている。ネットで見た情報を思い出し、指で輪を作ると扱くように上下に動かした。

「ね、これでいいの？」

「っ……うん。……いいよ」

触れると気持ちがいいのか、誠治は堪えきれず呻き声を漏らしている。自分の愛撫で彼が感じている。嬉しくなった美玲は、膨らんだ睾丸を撫でながら手を動かした。

「もっと強くても、いいよ」

「こう?」

ぎゅっと力をこめると、「うっ」と誠治が喘ぐ。もっと感じてほしいと、美玲は亀頭をチロリと舐めてから口に含んだ。

「っ……美玲っ」

陰茎を咥えたまま見上げると、目元を赤く染めた誠治が「くっ」と声を出した。

「美玲、ダメだ……出てしまう」

舌で傘の部分を舐めながら、陰茎を上下に扱き続けると、時折ピクッ、ピクッと震えている。もっと気持ち良くなってほしい、と喉の奥まで咥え込んで上下に口を動かした。

「あ、っう……っ、くそっ」

ビクッと滾りの先端が震えた途端、両肩を押さえた誠治によって引き離される。途端、ブルンッと男根が揺れた。

「美玲、こんなことどこで覚えたんだ」

もし他の男が教えたと答えた途端、その男を射ち殺さんとばかりの目で睨んでいる。

「どこでって……ネットで」

今は『初めてのセックス』と打ち込めば様々な情報で溢れている。美玲なりに準備をしようと調べていた。

「一体、何を読んだんだ」

「何って、彼氏を喜ばせる方法、だったかな」

こてんと首を傾げた美玲を見て、誠治ははぁ、とため息を吐きながら額を手で押さえた。

「まいったな。僕の彼女が可愛すぎる」

「……エッチすぎた？」

「エッチなのは歓迎。でも、僕限定で」

誠治は再び美玲を抱きしめると、腕の中に閉じ込めた。

「でも良かった。美玲は男性が苦手だと思っていた」

「苦手っていうほどじゃないけど」

「でも、恋愛は避けていたんだろ？　でないと、美玲のような美人が誰とも付き合ったことがない、なんてならない」

「うん、それはあったかも……しれない」

誠治の熱が肌を通じて伝わってくる。父親に抱きしめられたのはずいぶんと昔のことだから、美玲にとって大人になってから初めて触れ合う男の身体。

筋肉質な腕に、自分とは違う硬い皮膚。包まれると安心感が与えられ、いつまでもくっついていたくなる。

「僕がこうしても、平気？」

「誠治さんは、特別。だって……今も、離れたくないなって」

「うん、僕もだ。美玲をずっと……抱きしめていたい」

ギュッと腕に力をこめられた。頬が彼の胸に当たっている。自分のものではない、トクトクと鳴る彼の鼓動を感じると、美玲の胸に嬉しさが込み上げてきた。

——誠治さん。私が男の人を苦手なこと、わかってくれていた……

言葉にしたことも、態度で示したつもりもなかった。生徒として接したり、友達として付き合ったりするのは平気なのに、恋愛対象として見ることは避けていた。

それでも、誠治に惹かれる気持ちを抑えることができず、こうして身体を重ねようと決心したのだ。その重みを、彼は感じ取ってくれていた。

「誠治さん、嬉しい。私、本当に誠治さんが初めての人で良かった」

「うん。僕も嬉しいけど……美玲。まだ、入口に立っただけだよ」

「入口って？」

「はぁ、美玲。天然なのかな……可愛いけど、僕としてはまだ君の入口にも触れていないから。これから、もっと凄いことをするけど……平気？」

もっと凄いことって。なんとなくしかわからないけど、誠治が与えてくれるものなら、怖くない。こんなにも素敵で、優しくて、かっこいい人が愛情を込めて触れてくれるなら……美玲はコクンと頷いた。

「続きをするよ？」

チュッと額にキスをした後で美玲の身体を浮き上がらせるように抱くと、誠治はベッドボードに背を預け足を投げ出した。その太ももの上に美玲を座らせ、腰を引き寄せる。

対面座位に似た体勢となり、美玲のショーツを隔て(へだ)て誠治の裸の昂り(たかぶ)が触れている。ちょうどたわわな胸が彼の顔の目の前にきて、誠治は谷間に顔を埋めた。

「はぁ……幸せだな」

彼の両手が美玲の形の良い尻の丸みを味わうように撫でている。もう、誠治の手が触れていないのは、ショーツの下に秘められた部分だけだ。

乳嘴を口に含みながら、誠治は腰を揺らして昂りを押しつけた。敏感になった下半身が煽られ、美玲も自然に体を揺らしてしまう。

身体の中心がまるで熾火に炙られるように熱くなっていく。

すると彼女の美尻を堪能した、誠治の手がショーツにかかった。

「お尻、上げて」

とうとうショーツが身体から剥ぎ取られる。覚悟を決めた美玲は誠治の肩に両手をのせると、腰を浮かせた。ベージュ色のショーツが片足ずつ脱がされる。

もう十分に甘やかな愛撫に反応した美玲は、はしたなくショーツを濡らしていた。

「美玲、濡れているね」

「やだぁ、言わないで」

「どうして？　エッチな美玲が大好きだけど？」

くすっと笑い、額にキスをした誠治はそのまま美玲の顔中に唇を落としていく。目尻、鼻先、頬を可愛がり、最後に唇を合わせた。

濃厚に舌を絡めながら、美玲の腰を持つと自分の下半身とくっつける。ギンギンに勃った昂りと、美玲の濡れそぼった秘裂が重なり、甘やかな刺激が身体中を走り回った。

「んっ……っ、ふぅっ……んんっ……んっ……っ」

もう、二人の秘部を隔てる布はない。キスをしながら裸の性器が肌を合わせ、重なり合う。初めての性感に美玲の身体の奥が震えていた。

「ねっ……もう、なんか……おかしいの」

「おかしいって？」

「身体が疼くの。もっと、もっとって思うのに、どうしてほしいのかわからない」

目を潤ませながら見上げると、誠治は「まいったな」と額に手を当てる。

「君は本当に、僕を殺す気か」

「どうして？」

「美玲が可愛すぎて、死にそうってこと」

再び唇を重ねながら、誠治は美玲の胸を揉みはじめた。今までよりも強めに乳房を掴みつつ、ぷくりと膨らんだクリトリスを濡れたペニスで刺激する。互いの和毛が絡まるほどに密着し、胸を揉みしだかれる。舌を吸われ、乳房の先端を摘まみ上げられ、花芽を擦られると得も言われぬ快感が背筋をせり上がっていった。

「あっ、ああっ、あんっ！」

性感帯を同時に攻められた美玲の身体の奥で、一気に快楽が弾け飛ぶ。快感の渦に放り込まれ、美玲は身体をビクッと震わせた。

「イッたかな？」

「あっ……私……これって」

「そう、上手にイけたね」

頂点から降りるとともに、身体の奥から蜜がじわりと流れ落ちる。それを指ですくった誠治は、ぺろりと舌を出して美玲の目の前で指を舐めた。

「やだっ、誠治さんっ！」

「ん、美玲の味がする」

嬉しそうにそう言って、彼は蠱惑的に微笑んだ。

「このまま挿れたいところだけど……まだ、狭いから広げようね」

「えっ」

何をするのだろうか、と思った途端に誠治の指が濡れそぼった蜜口に触れた。

「怖くないから……僕を感じて」

「んっ」

中指が差し込まれ、膣の入口を擦る。初めての異物に違和感を覚えるけれど、じゅぶじゅぶと水音を立てる指に頭の中が痺れていく。

同時にクリトリスを親指で擦られると、快感が身体を巡っていった。

「はぁっ……んっ……んんっ……」

やがて指が二本に増やされ、膨らんだ花芽の裏側のざらりとした部分を撫でられる。三本目が挿入されると、美玲は疼きを感じずにはいられなかった。

「ねっ、誠治さんっ……もっと、欲しいのっ……私、初めてなのに、こんなに感じるなんて、いやらしいのかなぁ」

「可愛くていやらしいなんて、最高だよ。美玲……僕もそろそろ、いいかな」

「そろそろって？」

「君の中に、挿入りたいってこと」

誠治は美玲の腰を両手で持ち上げると、秘裂に鈴口を合わせる。そして美玲の心を見抜くように鋭い目をして、視線を重ねた。いつの間につけたのか、ゴムを被せてある。

「美玲、自分で挿れてみる？」

「えっ」

「僕が欲しいなら、腰をそのまま下ろして。僕は受け止めるから」

誠治は美玲に、自分で決めるように決断を促した。恋愛に後ろ向きだった自分が誠治と向き合えるように、自分から求めることを要求してくる。

――私は、誠治さんが、欲しい。

はっきりとした意志が美玲を動かした。「誠治さん、ここでいいの？」と陰茎に手を添え、蜜口に先端を合わせる。

「そう、そのまま挿れるんだ」

「んっ……んんっ」

腰を落とすと、ぐっ、ぐぐっと極太の楔が入り込んでくる。あまりの痛さに、美玲は「ああっ」と叫び声を上げた。

「美玲、大丈夫。君ならできるよ」

背中を優しく撫でながら、誠治が声をかける。破瓜の痛みに耐えて、美玲は昂りを呑み込んでいく。

「あ、もう……これで全部？」

「ああ、全部入った」

二人の恥毛が重なっている。圧倒的な存在感に、美玲は堪えきれなくなり誠治に抱きついた。

「うっ、ううっ……っ、もうっ……意地悪っ……！」

「うん、頑張ったね」

誠治は泣いている美玲の髪を手櫛で梳き、背中を撫でた。泣いている子どもをあやすように、耳元で「偉い偉い」と言いながら、動かないでいる。

しばらくすると馴染んだのか、痛みが和らいでいく。誠治の胸に埋めていた顔を上げると、優しく目を細めた彼が濡れた顔にキスの雨を降らせた。

「美玲……可愛い。けど、そろそろ僕も動いていいかな」

「動くの？」

「……うん、これで君の中を突かないと、ね」

誠治がぐっと腰を突き上げると、美玲の中にある楔が奥に入り込む。「あんっ」と痛みだけでない、甘さを含んだ声を出すと、誠治はホッとした顔をして美玲をベッドに横たわらせた。

「ごめん、気持ち良すぎて優しくできないかもしれない」

体位を変えるために誠治は昂りを抜き、美玲の膝裏を持って左右に割開く。

「いくよ、美玲」

今度は誠治は容赦なく男根を一気に突き入れた。ぐぐっと入り込む硬い楔に、膣内がわなないた。

「はぁっ」と衝撃に思わず声を上げると、誠治は「ごめん、でも、いいっ」と言葉を絞り出す。

何度も楔が大きく打ちつけられる。動くというのは、これほど激しく動くのかと美玲は驚き目を見開いた。

はっ、はっと誠治が息を荒らげて腰を穿つと、きゅうっと絡みついた美玲の膣壁が、誠治の男根を離さない。

「美玲、っ、はっ、ダメだ……気持ち良すぎる……これじゃ、すぐに出てしまうっ」

白く真新しいシーツを縫うように掴み、衝撃を受け止める。彼が突き上げるたびに乳房が揺れ動く。

「あっ……っ、はぁっ……っ、あっ、ああっ」

美玲がきつく目を閉じていると、誠治は動きを緩めて身体を倒してきた。すぐ近くに、彼の顔が見える。

「美玲、目を開けて答えて。君を抱いているのは」

「せいじ、さんっ」

「そう、僕だから。君の初めてと……最後も、僕だから。いいね？」

「うんっ」

返事をすると、彼が唇を落としキスをする。舌を重ねながら、誠治は腰を捏ねるような動きに変えた。浅く入口のところを突かれ、痛みではなく甘い快感が少しずつ増していく。

「んっ……っ、んんっ……んっ」

彼が全身を使い愛撫する。厚い胸板も、力強い腕も、理性を手放した瞳も全て、美玲を愛するためのものだ。

上も下もまるで犯されるように突かれ、彼の劣情を全身で感じる。普段はあれほどクールで、冷静な人が今はただの獣となっていた。獲物となった気持ちで、美玲は受け止めることしかできない。

「くっ……美玲っ……こんなに締め付けて、悪い子だ」

そんなことを言いながらも、どこか嬉しそうに目元を緩めている。誠治が片足を持ち上げ肩にかけると、挿入する角度が変わり美玲は声を上げた。

「あっ、そこ、だめっ」

「どうして？　ダメだなんて」

「気持ち良くて、変になっちゃうっ」

「僕の前なら、乱れてもいいんだよ」

どちゅん、と深く美玲の最奥を突く。あまりの愉悦に美玲は「ああっ」と嬌声を上げた。

こんなにも、おかしくなるほどの快感があるなんて。セックスするのは初めてなのに、美玲は自分の身体をまるで違うもののように感じてしまう。

誠治は髪を乱し、額には汗が粒になって光っている。はっ、はっと幾度となく浅い息を繰り返し、筋肉の筋を浮かび上がらせるほど全身に力をこめていた。

「誠治さんも、きもち、いいの？」

「もちろんだよっ……美玲、こんなに……くそっ、もう耐えられないっ」

誠治は体勢を変え膝立ちになる。美玲の細い腰を両手で持ち上げ、打ちつける姿勢になった。

「ごめんっ、もう、出るっ」

欲望を丸出しにした彼は、がしっと両手で美玲の腰を掴むと素早いストロークで腰を振る。「あっ、あああっ」と嬌声を上げながら、美玲は全身を震わせ絶頂に身を投げ出した。最後の彼の一突きで、目の前が白くなり弾け飛ぶ。

「っ、……くっ」

誠治は苦しげな呻き声を上げて、びゅくびゅくと白濁した欲望を美玲の中で被膜越しに吐き出した。身体を小刻みに震わせつつ、最後の仕上げとばかりに二度、三度と楔を押し込んでいる。

美玲は快感に震える身体から緊張が解けると、ベッドに沈むように力を抜いた。

「はぁ……美玲、こんなに出たよ……」

息を吐いた彼は、ずるりと陰茎を抜いてゴムを外した。その刺激に「んっ」と甘い声を出してしまう。熱の離れた寂しさを覚えながら彼を見ると、ゴムの先端にたっぷりと白い液が溜まっていた。

誠治はさっと縛り上げティッシュでくるむと、誠治は美玲の方に向き直る。二人で寝ころびながら、誠治は腕を枕代わりにして抱き寄せた。

「美玲、身体の方は大丈夫？　初めてなのに、無理させたかな……僕は、すごく気持ち良かったけど」

「あのっ、ちょっと違和感は残っているけど……大丈夫」

裸同士で肌を重ねたまま、頭を彼の腕に預ける。これまでと違い、気持ちがぐっと誠治に近づいていた。彼は美玲の心の奥にある引き出しを開けて、そこに愛情を注いでくれる。

――嬉しい。私、こんなにも誠治さんのこと……大好きになるなんて。

こうして抱きしめられると、幸福感でいっぱいになる。美玲はすうっと息を吸い込んで誠治に胸を押しつけながら抱きしめた。「おっと」と言いつつも誠治は美玲の全てを受け止める。

「誠治さん、大好き」

「僕もだよ」

掛け布団を二人でかぶり、誠治の腕枕でくっついている。ちゅっと額に口づけた誠治は「可愛いな」と呟き、美玲のしっとりとした肌を堪能(たんのう)するように背中を撫でていた。

誠治の年齢であれば当たり前だろうけど、彼は過去に他の女性と経験があったに違いない。でなければ、これほど優しく美玲を気持ち良くさせることはできなかっただろう。

彼の過去の女性に、チリチリと胸が焦(こ)げる。初めて覚える嫉妬(しっと)に、どうしようもない苦しさを感じた。

「私は初めてだったけど……誠治さんは、違うよね」

「美玲？」

「ちょっとだけ、嫉妬(しっと)してる。誠治さんの……過去に」

「何もなかったとは言わないけど……これからは、君だけだよ」

誠治は美玲の頭を腕の中に閉じ込めると、肩を小さく震わせる。

「誠治さん？　笑っているの？」

くつくつと声を殺しながら、彼は嬉しそうに笑っていた。

「ごめん……だって、こんなにも可愛い美玲が僕に嫉妬してくれるなんて、嬉しくて」

「そんな、私だって誠治さんのこと、独り占めしたいから」

「僕はもう、美玲だけのものだよ」

美味しい砂糖菓子のように、誠治の言葉は美玲の心を喜ばせる。誠実な彼の、甘い言葉を信じていたい。幸せなこの時間を、いつまでも続けたい。

美玲は悦びに溢れる気持ちをそのままに、目を閉じた。誠治の温もりが嬉しくて、この熱を自ら手放す日が来ることを、この時の美玲は想像することもできなかった。


朝の日差しの中、先に目を覚ましていたのは誠治の方だった。隣にある温もりにホッとしつつ、美玲は気恥ずかしさにシーツを胸元に手繰り寄せる。

「おはよう、美玲」

「……おはようございます」

朝から甘ったるい声を聞くと、昨夜の乱れた行為を思い浮かべてしまう。何もかもが初めてだったのに、想像以上の気持ち良さに恥ずかしい声を何度も上げていた。未だに裸同士で肌をくっつけているなんて、信じられない。

「ああ、もう……恥ずかしがる美玲は、可愛いな」

誠治は腕を伸ばすと、美玲の後頭部に手を添わせた。ゆっくりと大きな手で、髪を梳くように撫でている。

「身体の方は、大丈夫？　まだ痛いとか、あったら教えて」

「痛みはないけど……なんだろう、ちょっと重たい感じはするけど、大丈夫」

誠治はホッとしたのか、顔を少しだけ緩めた。美玲のことばかり気にかけているけれど、彼は果たして満足したのだろうか。経験がないから、推しはかることができない。

「誠治さんの方こそ、私の身体……大丈夫だった？」

「大丈夫って、何が？」

「その、ちゃんと感じてくれたのかなって」

不安をそのまま口にすると、誠治ははぁっと大きく息を吐いた。

「美玲」

少しだけ低くなった声で名前を呼ばれる。すぐ近くにいる彼は、こつんと額をくっつけた。

「好きで好きでたまらない君をようやく手に入れたんだ……満足しないわけ、ないだろう？」

「本当に？」

「信じられないなら、身体で教えようか？」

身体の向きを変えた誠治は、腰にある昂りを美玲の太ももに押しつけた。男性は朝からそこを硬くするという知識はあったけれど、まさかそれを擦りつけられるとは思わず、美玲は「きゃっ」と悲鳴を上げる。

「美玲、そんな可愛い反応をされると困るんだけど」

「でも」

意地悪な彼は昂りをぐりぐりっと主張させる。その大きさと硬さによってゆうべの痴態を思い起こし、美玲は顔を赤らめた。

「ね……もう一度、いいかな」

「もう一度って、朝から？」

「美玲の身体が大丈夫なら、今からしたい」

「……」

誠治は美玲の裸体に覆い被さるようにして、身体をよりくっつける。これでは抵抗できないと思いつつも、気恥ずかしさが先に立つ。

「ね、美玲」

誠治にしては珍しく、甘えた声を出して強請ってくる。昂りの先端はいつの間にか美玲のあわいの上にある、敏感な箇所に触れていた。腰を小さく動かした誠治の昂りによって刺激され、蜜がこぷりと滴る。

「これじゃ、うんって言う前に挿入ってしまいそうだ」

「そんな……誠治さんっ」

「ほら、欲しがっているよ」

くちゅ、くちゅっと蜜がかき混ぜられる音がする。朝からはしたないと思う一方で、彼ともう一度一緒になりたい欲望が湧き起こった。首筋にキスをされながら秘裂を擦られるたびに、甘やかな刺激が背筋を上る。

何度も耳元で「ね、いいだろう？」と囁かれると美玲は抵抗できなくなり、コクンと言葉もなく頷いた。

「ああっ、美玲！」

待ちかねたとばかりに剛直が身体の中心に挿入り込む。その質量と大きさに美玲が「はぁっ」と艶めいた声を出すと、誠治は嬉しそうに身体を寄せた。

「気持ちいいよ、美玲……最高だ。本当に、なんて可愛いんだ」

うっとりとした顔の彼が、息を荒らげながら腰を動かした。まだ馴染みきってない蜜洞に形を教え込むように、腰を回している。

「あっ……っ、はぁっ……ぁ、もうっ……誠治さっ」

「美玲、美玲っ……俺のっ」

普段は落ち着いた顔をしている彼が、額に汗を浮かべ必死になって腰を打ちつける。最奥を狙うような動きに変え、誠治ははっ、はっと短く息を吐いた。

昨夜は彼を見る余裕も何もなかったのに——朝の光の中で見る誠治の欲情した顔。彼がこんなにも必死な姿で、自分を求めてくれるなんて。

初めて見る興奮した表情に、美玲の自尊心が満たされていく。——嬉しい。

「っ、くそっ……もう、出るっ」

「あっ、んんっ」

うっと顔を歪めた途端、誠治は大きく腰を打ちつける。美玲も最奥を穿たれ、得も言われぬ愉悦に染まり、言葉を失くす。絶頂に達して震えていると、温かい飛沫が被膜越しに放たれた。

何度も抽送された昨夜と比べると、早く果てたなと思っていると。誠治が「ごめん……」と言いながら身体に覆い被さってくる。

「美玲、ダメだ……君の中が気持ち良すぎる」

「え？」

「良すぎて、堪えきれなかった。次からは、きちんと君と一緒にイけるようにするから……」

まだセックスに慣れていない美玲は、なんと答えていいのかわからなかった。それでも、誠治を満足させることができたなら嬉しいと素直に思う。

「誠治さん、私も気持ち良かったから……また、いつでも」

いつでも、これからも時間があれば恋人として——と言う前に、美玲の唇がふさがれる。厚い舌で口内をかき回され、声も出せないうちに誠治の手が美玲の乳房の上に置かれた。

「うん、だったら今日はずっと一緒だ」

「あっ、え？」

火のついた誠治は再び猛った剛直にゴムを被せる。その後、散々美玲の身体に所有印をつけた彼は、欲望を止めることなく美玲を抱いた。

その日予定していたデートプランが真っ白になるほどに抱きつぶされ、美玲は誠治の尽きない欲望を身体に教え込まれたのだった。

第四章

それからの誠治は、甘さがさらに増していく。平日は終電に乗り損ねるほど激務に追われていても、休日が重なる日は美玲と一緒に過ごすようになる。

外で会ってばかりでは休めないだろうと、彼を自分の一人暮らしのアパートに招いた。

おじゃまします、と言って美玲の部屋に入った彼は、チェストの上に飾ってある写真や飾りを手に取って眺めている。

「これは、アフリカにいた時のもの？」

誠治が見つけたのは、診療所で撮った写真の前に置いた木彫りの人形だ。ベールを被った女性が祈るような姿勢を取っている。

「そうなの。マリアって診療所の仲間が最後に渡してくれて。急いでいたから、これしか持ってくることができなかったんだ」

「マリアさんがくれた、マリア像なのかな」

「そうね、そうかもしれない」

マリアは口癖のように「あなたのことを祈っているわ」と言っていた。懐かしい仲間だった。

「北部は戦闘状態にならなかったから、無事だと思うよ」

「うん……」

思い出すのは、アフリカの眩しい日差しと仲間たちの笑顔ばかりだ。診療所には様々な患者がやって来たから、楽しいことばかりではなかったし、薬も治療法も限られていた。

それに、地元のシャーマン（呪術師）に睨まれたこともあったけれど……今となっては、それさえいい思い出になっている。

誠治は部屋に飾られているアフリカの民芸品の数々を見て、考え込んでいる様子だった。

「そんなに珍しい？」

「そういうわけではないけど……美玲は、あんな形でアフリカを離れたのに、まだ好きでいるのかなって」

「うん、大好きだよ？」

「……そうか、良かった」

誠治はどこか安心したようにホッと顔を緩めた。一方で、男の人を部屋に招くのが初めての美玲は少し緊張している。喉の渇きを感じ、飲み物を取って二人掛けのソファーに座ると、誠治が背後から声をかけてきた。

「美玲？　隣に座ってもいい？」

「う、うん」

拳一個分の距離を開けて、誠治がソファーに座る。すると肩と肩が触れ、思わず身体を強張らせた。

「もしかして、緊張している？」

「……大丈夫。慣れないだけだから」

「僕が部屋に来たのが良くなかった？」

「違うの。その……私、母と二人だったから生活空間に男性がいなくて。誠治さんというより、男性がいることに慣れないだけなの」

「そうか……僕は美玲の部屋に入る初めての男性になるのか」

「う、うん」

どことなく嬉しそうな顔をした誠治は、そっと美玲の肩に手を置いた。

「こうしても大丈夫？　少しずつ、一緒にいることに慣れていこうか」

もうすでに彼には裸すら見られているのに、慣れない自分がもどかしい。けれど、誠治はそんな美玲にも寄り添い、焦ることなく言葉をかけてくれた。

さらに誠治は料理をすることが好きだと言い、一緒に台所に立とうとする。

「今日はパスタでいいかな？」

「うん、二人分だからお鍋はこれでいいかなぁ」

「一番大きい鍋にしておこう。一緒に野菜も茹でるから」

「え？」

なんと誠治は、野菜から出汁が出るからね、と言い野菜の切れ端を鍋に放り込んだ。そして塩を振り、時間を計るタイマーをセットする。

茹でている間にフライパンにオリーブ油とにんにくを入れ、香りをつけてベーコンを刻んで入れた。鍋がぐつぐつと沸騰してしばらくすると、野菜を取り出して今度はキャベツをちぎって入れる。

「凄い……誠治さん、手慣れているのね」

「パスタは世界中どこでも手に入るからね。自然と覚えたよ」

タイマーが鳴ると火を止め、ざるを取り出して湯を切る。フライパンに入れてさっと炒め、水分を飛ばした。

「はい、出来上がり」

「わぁ、美味しそう！」

「捨てる部分でも、野菜であれば出汁が出るからね。一緒に茹でると、麺の味に深みが出るんだ」

「そんなこと知らなかった。誠治さんの方が手慣れているかも」

フランスでイタリア人に教えてもらったんだよ、と誠治は得意げに話す。彼と一緒にいると、話題は尽きない。語学研修でフランスに二年間も滞在したから、美玲も気安くパリのことを話すことができた。

会話は弾み、美玲は次第に誠治と過ごすことに慣れていく。彼が部屋から出ていく時は寂しくなり、泊まってほしいとさえ思っていた。

誠治も忙しいなりに、美玲を大切に想い頻繁に連絡をくれる。そうして穏やかな日々を二人で過ごすようになっていた。

ある日も二人でソファーに座りくつろいでいると、誠治は美玲の手の甲を撫でながら話しかけてくる。

「来週から、二週間の出張があるから……今度、どこかのホテルに泊まらないか？」

「ホテル？」

「そう。最近はいつも美玲の部屋ばかりだからさ。たまには雰囲気を変えようか」

これも誠治なりに考えてくれたのだろう。美玲の負担とならないように。

その心遣いが嬉しくて、美玲は「うん」と素直に頷いた。


都内にあるラグジュアリーホテルに誘われた美玲は、浮き立つ心を抑えられないでいた。ホテル内のレストランで食事をした後、部屋に入るなり唇を重ね合わせる。

最近、誠治は泊まりがけで対応することも多く、美玲と肌を重ねる時間を過ごせていない。

そのこともあってか、久しぶりとなる彼の欲情はとどまることを知らず、美玲の泥濘(ぬかるみ)をかき分け何度も絶頂へ押し上げる。

へとへとになりながらも重厚な夜を過ごした二人は、翌朝ベッドに寝ころんだまままどろんでいた。後ろにいる誠治が、美玲の背中に身体を寄せる。

「美玲……このまま聞いてほしい」

「どうしたの？」

いつも自信に満ちた誠治にしては、弱々しい声で囁く。顔を見ることができない分、なんだろうと不安が胸をよぎる。

「多分、今度の出張の後で辞令が出る。僕の専門は中東アフリカだから、次は中東のどこかになる」

「辞令って、出張ではなくて？」

「ああ、海外の大使館か領事館勤務になる。今度は課長補佐だから大抵、三年間くらい」

美玲の身体がびくりと震えた。

三年間の、在外公館勤務——外交官の彼なら、当たり前の将来。

「それって」

「ああ、日本から離れることになる。それで——」

次に来る言葉を想像すると、ドクンと心臓が跳ねる。

誠治の息遣いを背中に感じていると、彼は美玲の左手を持ち上げた。

「美玲、出張から帰ってきたら……ここに指輪をはめさせて」

誠治からのプロポーズめいた言葉を聞いて、美玲は心を震わせた。裸の身体に巻きついた男らしい腕に、手をそっと添えるように置く。

今度の出張は二週間だ。誠治のプロポーズに『はい』と答えていいのか……不安がないこともない。でも、彼がそのままの自分でいいと言ってくれるなら、プロポーズの返事はOui（はい）でしかない。

美玲は返事をする代わりに、誠治の手を上から握りしめる。すると、意図を汲（く）んだ彼は指を絡めるようにつなぎ直した。

「プロポーズの予約。してもいいかな」

「……うん」

彼からの真摯な言葉に胸が弾む。その一方で、美玲の心の中にはいつもの疑問がひょっこりと芽を出した。

――こんな私が、彼の隣にいてもいいの？

美玲の揺れる眼差しに不安の色を見つけたのか、誠治はこつんと額と額をくっつけた。

「こら、また美玲は自信をなくしているのか？　あれだけ言っただろう？　僕が好きなのは、そのままの美玲だよって」

「……うん」

胸の奥がじわりと温かくなる。つい、自分のことを卑下しがちだけれど、いつも誠治の言葉が呪縛を解いてくれた。もっと、自分に自信を持っていい。彼の傍にいてもいい。彼を――愛してもいい。

「美玲、愛しているよ」

熱い吐息と共に、彼の唇が降りてくる。ゆうべも腫れるかと思うほどに貪られた唇を優しく食まれた。唇の裏側の柔らかい部分を重ね合うようにキスをしていると、熱がうつるように恋情が湧き上がる。

「私も……好き」

それ以上は言葉を交わすことなく二人は深く口づけあう。――美玲は泉のように湧き上がる嬉しさにひたりきっていた。

誠治が出張に行った翌日、いつものようにちなつとお弁当を食べていると、話題はどうしても恋愛についてになる。

「ねぇ、美玲ってさぁ……彼氏の過去って気にならない？」

「ちなつ？　どうしたの？」

どこか気怠(けだる)そうに、ちなつはため息交じりに話しはじめた。

「だってね、あんなにもかっこいいと不安にならない？　自分と付き合う前はどんな人が彼女だったのかなーって」

「まぁ、それはそうだけど……誠治さんは、特定の彼女はいなかったって」

「それ、本当？　あんなに素敵な人なのに？」

確かに、誠治からは何もなかったわけではない、と聞いている。お試しのような付き合いもあったけれど、短い期間で終わってしまったらしい。それを詮索(せんさく)するのは、気が引けてしまう。

「ね、今はさぁ、ＳＮＳに投稿とか残っているとわかるんだよね」

「……そうなの？」

「うん、結構簡単だよ。人事も採用予定者の発言をチェックする世の中だから。もし将来を考えているなら、美玲もしてみたら？」

あまり気乗りはしないけれど、ちなつの言うこともわかる。誠治の過去が気にならないわけではないし、万が一彼が結婚していた場合は、美玲が不倫相手となってしまう。

「そうだね」

曖昧に答えた美玲は、仕事が終わって家に帰った時にふとそのことを思い出した。結婚するとなると、慎重さも求められる。

「ちょっとだけなら、いいかな」

誠治の性格では、ＳＮＳを頻繁にしていたとは思えない。それに学生時代も勉強で忙しかったと聞いている。

「一三条、誠治っと……あれ？」

検索にかけると、これまで書いた彼の論文のページがトップに出てくる。その下を探っていくと……

「あった、これかな」

今では使っている人も多くないサービスに残る彼のアカウント。そこをクリックしてみると、誠治が引用した投稿を見つける。

「……え？　これって」

そこには『仲良しの彼』と打たれたメッセージに、写真が残っていた。

進学校として有名な高校の制服を着た誠治の顔には加工がされ、わからないようになっている。

だが、相手の女性は見せつけるように顔を出していた。——日本人形のように艶やかな黒髪に、印象的な一重の目。前髪を切り揃え、白い肌が浮き上がるような赤を唇にのせていた。

誠治の腕を掴み、身体を寄せている。これを見れば誰でも彼女が誠治の……交際相手と思うだろう。

「でも、高校生の時だから……うん」

学生時代なら、こうした恋愛の一つや二つ経験しているだろう。でも、どこかで嫌な予感がして――美玲は相手の女性のアカウントを開いてしまう。

「そんな」

そこには、誠治と思しきスーツ姿の男性とツーショットの写真が載っていた。

顔が加工されているのではっきりとしないけれど、誠治が普段つけている腕時計をしている。あれは、スイスの高級腕時計で、就職祝いに親から貰った限定モデルだと言っていた。

「うそ」

言葉が出ない。もしかして、まだ付き合っているのだろうか……疑いつつもスクロールしていくと、どうやら最近は会っているような投稿はない。

大人になった彼女は相変わらず美しく、顔を晒しているのを見ると自分に自信もあるのだろう。よく読むと雑誌の読者モデルも経験していたらしい。

それでも気になる記述を見つけてしまった。過去、彼女には幼い頃からの『婚約者』がいて、自慢の彼だと書かれている。

――これって、誠治さんのことなのかな……

誠治の方は、何も発言していないため、彼女の独りよがりな投稿なのかもしれない。それに幼い頃からの『婚約者』だなんて、一体いつの時代のことだろう。

誠治の家が伝統と格式のある家ならばわからなくもないけれど。そう思ったところで、気になる投稿を見つけてしまった。

「政治家？」

誠治のかつての彼女と思しき女性の投稿には、『彼の父親は高名な政治家』と書かれている。

「……まさか」

美玲でも知るその人は、今の政権における要職についている――官房長官の一三条歴史だ。印象的な名前もあって、広く国民に知られている。ちなつも言っていた人だ。

「まって、嘘」

すぐにネットで調べてみると、一三条歴史の写真が出てきた。年を取っているけれど、面差しは誠治によく似ていた。

――誠治さんのお父さんが、政治家？　それも、国会議員だなんて……

よくあることなのだろうか。父親が国会議員で、息子が官僚。気になって調べてみると、なんと一三条歴史の父親――誠治の祖父に当たる人も国会議員で、そのさらに高祖父までも……歴史の教科書にも載っている政治家だ。

「こんなの、現代のサラブレッドじゃない……」

もし本当に誠治がこの一族の一員であれば、格式があるなんてものではない。彼は生まれながらに婚約者がいてもおかしくないほどの家柄の息子だ。

兄弟はいないと言っていたから……一三条家の跡継ぎになるのだろう。

「でも、だったらなんで教えてくれないの？」

聞いてみたい気持ちと、本当だったら嫌だなという気持ちが同時に湧き起こる。彼女のことも気になるけれど、父親について隠されていることも気にかかる。

やっぱり、インターネットで探らなければ良かった。

誠治が伝えないということは、今の美玲が知る必要はないと判断しているから……だと、思いたい。

――大丈夫、今の誠治さんは私のことを愛してくれているから。

それでも瞼の裏側には、彼女の姿が残っている。日本人女性の美しさを体現したような、黒髪の美女。華道の家元の娘で、趣味の大正琴では師範の資格を持っていると書かれていた。

外交官である誠治の隣に立つには、彼女の方がふさわしく感じてしまう。

美玲は自分の考えを追い出すように頭を左右に振ると、湧き上がる不安に蓋をするようにスマートフォンの画面を閉じ、そのまま目を伏せるのだった。

美玲はネットで見た情報は彼が帰国してから確認しようと思い、探ることをやめた。

彼にプロポーズされたら、「はい」と返事をする。しかしなんの憂いもなく返事をするには、考えることがたくさんあった。

まず、海外に行くなら仕事は続けられない。けれど美玲は就職してから間もなく、受け持つクラスの大半は新しく学びはじめたばかりの生徒だ。

英語と違って、フランス語は代わりとなる講師を探すのが難しい。やる気を持って学びはじめた生徒を見捨てるような真似はできない。

さらに、もう一つ美玲には気がかりがあった。――母親の海鈴の存在だ。

橋渡海鈴は、もうすぐ五十になるというのに年齢を感じさせない美しい女性だ。たおやかな花のように可憐で、いかにも男性の庇護欲をそそる雰囲気を持つ。長い髪を常に気遣い、年を取っても爪先まで気を抜かない。

外国人にとって東洋的な美を感じさせ、フランス語圏で育った彼女は完璧な英語とフランス語を使う。

そのため、日本にいても外国人男性の彼氏に不自由することはなく、今でも頻繁（ひんぱん）に相手を替えていた。だが……相手に振られるたびに、美玲に「寂しい」と言って電話をしてくるような母親だ。

最近は一人の男性に落ち着いているのか、美玲に泣きつくことは少なくなっていた。アフリカに行く時も、ごねたけれど付き合いはじめだったせいか、泣きつかれることはなかった。

しかし結婚して海外に行くとなると……それも外交官の妻となれば、ほぼ海外勤務が続くことになる。さらに誠治は中東アフリカ局だから、派遣先もメジャーな国とは限らない。

どう考えても、海鈴が結婚を許してくれるとは思えなかった。

海鈴の両親でもある祖父母はもうすでに亡くなっている。だから余計に娘である美玲に寄りかかることが多い。

できれば今、お付き合いしている男性と結婚して落ち着いてくれたらいいのに。けれどフランスで美玲の父親との離婚が大変だったから、もう結婚はこりごりだそうだ。

――そんなこと言って、これからどうするつもりだろう……

兄弟もいないから、母親が動けなくなったら美玲が受け止めるしかない。それでも、しっかりとした夫がいればまた状況は変わるのに、そうしたことは考えず常に恋愛を楽しんでいる。

母親のように、恋愛脳に染まりたくなかったけれど……誠治のことばかり考えてしまう自分は、やはり海鈴の娘なのかと気持ちが暗くなる。

「本当に、どうしよう……」

誠治にはまだ、母親である海鈴の件を話していない。本来ならプロポーズされる前に、きちんとこちらの条件も伝えるべきだろう。今は別々に暮らしていても、あの母親のことだからいつ何時寄りかかってくるかわからない。

次に会う時には、しっかり話をしよう。

そう思っていた時――美玲のスマートフォンが震えたのだった。

「お母さん、どういうことなの？　借金って」

「だから、あの男が酷い男だったの」

母親の海鈴は突然やって来て、美玲の家に転がり込んだ。田舎にあった家には借金取りが来るため、怖くなったと言う。

「だからって、なんでお母さんがお金を借りているの？」

「だって、彼は外国人だから……お金を貸してくれるところなんて、少ないのよ？」

貿易事業をしていた母の彼氏は、順調だった商売がある日を境に難しくなったらしい。これだけ先の読めない時代だから、何がきっかけなのかわからない。ただ、母が借金をして事業資金を用意した途端、男はそれを全て持って母国に逃げたという。

母には多額の借金だけが残ってしまった。

「その男を追いかけること、できないの？」

「だって、彼の国のことなんて何もわからないもの。住所だって、知らないわ」

「なんでそんな男のために借金するのよ」

今さら責めても仕方がない。「どうしよう」としか言わない母を見て、美玲はため息を吐いた。

——どうしようって、私の方が言いたいくらいなのに……

当面、利息分だけでも支払いをすればなんとかなるのだろうか。借金をしたことのない美玲は、知識もなく途方に暮れる。こんな時に限って、誠治は出張でフランスにいて帰ってくるのは当分先のことだった。

「お母さん、とにかく二人で働けば、なんとか返していけるはずだから。それか田舎の家を売れば、お金になるんじゃないかな」

「でも……あの家は、ママンの家なのよ。手放すことなんてできないわ」

「そんなこと、言っている場合じゃないでしょ」

「嫌よ！」

いつまでも少女気分の母親は、気に入らないことがあるとよく癇癪を起こす。今回は騙されたとあって不機嫌が続き、一緒に暮らしていても気が滅入るばかりだ。

「だったら、家のことをしてくれる？　洗濯とか、料理とか。できるよね」

「……そんなの、手が荒れちゃうわ。美玲は若いから気にしないかもしれないけど、私の年齢になると水仕事なんてしたら、すぐに皺だらけになっちゃうの」

「だったらこれまで、誰がしていたのよ」

「頼めば男の人がしてくれるのよ」

どうやら海鈴は家事も何もしないでいたようだ。男はひたすら彼女に仕えていたという。

とにかく、借金を返すためには働くしかない。語学スクールの他に、飲食店のアルバイトを増やそうか。でもそうすると、ただでさえ少ない誠治と会う時間がさらに少なくなる。

ずん、と重い石を持たされたように心が重くなっていく。

母親が騙されて借金を背負ったなんて、本当に恥ずかしい。外国育ちの母は日本の法律に疎いから騙されやすく、今回ほどではないけれど、これまでも問題を起こしていた。

どうしたらいいのだろうと困っていると、ピンポンと玄関のチャイムが鳴る。わざわざアパートを訪ねるなんて宅配の人だろうか。

「はい」

「橋渡さん、お話があって伺いました」

インターホンから聞こえてきたのは、聞いたことのない男の声だ。一体誰なのかと恐ろしくなる。

扉を開けるのを躊躇していると、男は畳みかけるように語りかけてきた。

「海鈴さんのことですが、このままここでお話ししてもよろしいですか？」

もしかすると……！　借金の取り立てだろうか。海鈴がここにいることを、どうして知っているのだろう。まさか、母は娘の住所を伝えたのだろうか。

「一度、娘さんとお会いしてご説明したく伺ったのですが」

「……わかりました、お待ちください」

美玲が手早く服装を整えて扉を開けると、玄関先には二人の男が立っていた。

柄のあるシャツに黒いジャケットを着た男からは煙草(たばこ)の匂いがする。後ろには髪を金色に染めた、いかにも屈強な男が腕を組んでいた。

──お母さん。どれだけ危険なところから、お金を借りたのよ……

借金取りの男たちと対峙すると、ドクドクと心臓が破裂しそうになる。

「橋渡美玲さんですね、はじめまして。私はこういう者です」

丁寧な言葉遣いをしているけれど、名刺を渡しながら美玲を値踏みするように鋭い目を向けていた。不躾(ぶしつけ)な視線に負けないように、表情を引き締める。

「どういった御用でしょうか。母はいませんが」

「今回は、娘さんにご挨拶したくて寄りました。いえ、長い時間はかかりません」

「挨拶なんて……」

──脅しているようなものじゃない。

恐ろしさに身がすくむけれど、男はそんなことには気にもかけないそぶりで話を進めていく。

「橋渡海鈴さんが、私どもの会社から資金を借りられているのは、ご存じかと」

「ええ、聞いています」

「では、第一回目の返済の期日が過ぎていることは？」

「いえ、そこまでは聞いていません」

「そうでしたか。返済が一度遅れるごとに、延滞金が発生しますのでご注意ください」

ニタリ、と男が笑う。

まるで美玲を捕食しようとする蛇のような顔をしている。ぞわりと背筋が冷たくなって――美玲は男から目を逸らした。

「では今日はこれで失礼しますが……お母様によろしくお伝えください。娘さんも美人とあれば……もし返済が難しくなれば、いつでも相談に乗りますので」

男はそう言うとくるりと背を向けて離れていく。後ろにいた男が「兄貴、あんなんでいいのか？」と話す声が聞こえてくる。

――もう、どうしよう……

明らかに二人は堅気とは思えない。借金の返済をしなければどうなってしまうのか……美玲は頭を抱え込んだ。母と娘の二人だけで、他に頼ることのできる親族などいない。

こんなこと、清廉潔白を求められる官僚の誠治に伝えたら、軽蔑されてしまう。

泣きたくなる気持ちを抑えるように、美玲は両腕で自分を抱きしめた。

しかも、さらに心を抉るような出来事が美玲に迫る。語学スクールの仕事を終えたところで美玲を待ち構えていたのは……誠治の母親と名乗る女性だった。

雨が降りしきる中、隣に立つスーツ姿の男性に傘をさしてもらい佇む和装の女性がいる。周囲の視線を集めながらも、背筋をまっすぐに伸ばして立っていた。

お祭りでもなんでもない日に和服を着ているなんて凄い。

美玲が感心していると、女性はハッと顔を上げた途端に表情を変えた。そして隣に立つ男性に合図をして、近づいてくる。

「橋渡美玲さんですね」

「はい、そうですが」

いきなり名前をフルネームで呼ばれ、どこかで会ったことがあるのだろうかと訝しんだ。けれど、まったく覚えのない女性だ。

「私は一三条の家内の頼子と申します。誠治の母親、と言えばわかるかしら」

「えっ、お母様ですか？」

よく見ると、目元がどことなく誠治に似ている。一見すると冷たさを感じさせる雰囲気も同じだ。

「お話ししたいことがあるのだけど……ここではなんだから、一緒について来てくれるかしら？決して怪しいところではなくてよ」

「あ……はい」

傘をさしていた男性は運転手だったのか、車のドアを開けて待っている。美玲は誘われるままに停めてある黒塗りの車に乗った。

普段であれば、初めて会った人の車に乗るなんて躊躇するけれど、相手はなんと言っても誠治の母親だ。断ることはできない。

「あの、どちらに行くのでしょうか」

「私の馴染みの料亭です」

頼子は単的に話すと、それ以上は無用とばかりに顎を上げる。ツーンとした姿に、美玲は黙り込むしかなかった。

——どうしよう、私、嫌われているのかな……

誠治の両親について、彼から直接聞いたことはない。自分も母親の件を伝えることができなくて、後ろめたさもあり話題にしたことがなかった。

普段から着物を着て、運転手付きの車に乗る。上品な佇まいからも、頼子が上流の家庭の奥方であることが窺えた。

一三条という苗字は滅多にない。やはり今の官房長官の一三条歴史が父親なのだろうか。

——まさか……そんなこと、ないよね。

不安を隠せないでいるうちに、車は大通りから一本細い筋に入っていった。

するとモクセイの木でできた生垣沿いに停まり、門の奥に数寄屋造りの建物が見える。都内の一等地にある、一見して高級とわかる料亭だ。

入口の前にはスーツ姿の女性が立っていた。淡い白色のノーカラージャケットに、ボリュームのあるボウタイブラウスを着ている。黒く艶やかな髪に、目鼻立ちのはっきりとした美人だ。

「奥様、お待ちしておりました」

「清香さん、あなたも来てくれたのね。ご苦労様」

頼子は清香と呼んだ女性に親しげに微笑むと、そのままずんずんと中に入っていく。

美玲は清香と言葉を交わすことなく、後をついていった。広々とした日本庭園の中央には泉があり、大きな錦鯉が何匹も泳いでいる。

——あの人、どこかで見たことがある……

清香を見ると、どことなく胸が騒ぐ。まるで日本人形のように美しい彼女に見覚えがあるけれど、頼子を前にして緊張している美玲は思い出すことができない。

ようやく玄関に到着して靴を脱ぐと、仲居が廊下に先だって案内していく。庭園の隅にある鹿威しが音を立てる。

会話らしい会話もなく個室に到着すると、美玲は頼子に向かいあうように座った。

仲居が音もなく襖を閉める。廊下まではもう一室を挟んでいるため、声が漏れることはない。清香と呼ばれた女性は頼子に指示され、彼女の隣に座った。

「今日はね、あなたと誠治のことでお話がしたかったの」

硬い表情を崩さない頼子に、不安が胸に広がっていく。こんな格式高い料亭を馴染みの店というからには……誠治の実家は庶民とは違うのだろう。

さらにわざわざ個室を選んでの話とは何なのか。

嫌な予感がして、美玲はぐっと口を引き締めた。

「お話とは、なんでしょうか」

「単刀直入に言うわね。あなたには誠治と別れていただきたいの」

やはり――美玲は氷を呑み込んだように身体が一気に冷たくなる。

でも、どうして。

疑問が渦巻き、美玲はすぐには言葉を口にできずにいた。

しばらくの静寂の後で、頼子は静かに問いかける。

「ところであなた、主人のことをご存じかしら？」

「ご主人ですか？　誠治さんのお父様のことは、何も聞いていません」

知らないと伝えた途端、頼子は顔を曇らせる。これではまるで話にならないとばかりに、首を傾げた。

「あなた……一三条歴史はこの国の官房長官ですわよ。それを知らないだなんて」

呆れた声を出した頼子に、美玲は反論したくなる。官房長官は知っている。ただ、それが誠治の父親とは知らなかった。

官房長官の息子で、外務省のキャリア官僚。母子家庭で育った自分とは随分と違いがある。

次は何を言われるのだろうかと、背筋がヒヤリとした。

「誠治はね、主人の後継者でもありますの。今は官僚として研鑽を積んでいるところですわ。そんな大事な時に、いらない虫を寄せつけてしまったけれど」

美玲はぐっと言葉を呑み込んだ。ここで反論すれば、頼子を攻撃することになる。そんなことはできないと、何も言えなくなり俯いてしまう。

するると頼子は敵を追い込むかのように言葉を浴びせた。

「わかりますよね、誠治は将来、立派な政治家になって選挙に勝たないといけません。選挙は夫婦で戦うもの。それなのにあなたのご両親は離婚していて、なおかつ父親は日本人ですらない。それに……」

頼子は侮蔑の目で美玲を見下しながら、冷たく言い放つ。

「母親が怪しいところから借金をしているんですってね」

あまりのことに、美玲は心臓を針で刺されたような痛みを覚えた。

自分が悪く言われるのは仕方がない。でも、借金のことまで調べられているとは思わなかった。

それだけ、母が借りたところは危ない相手なのだろうか。

「母は仕方なく借金をしているだけで……私は保証人にはなっていません」

「でも、あなたの母親なのよ。世間はなんて思うのかしら」

美玲は両手で拳を作り、膝の上でぎゅっと握りしめる。何をどう伝えたとしても、自分の印象が悪いことは変わらない。

それでも、これまで誠治から父親の話や、将来政治家を目指す話など聞いたことがなかった。

そんな大切な件を伝えず、自分にプロポーズめいたことを言うだろうか。妻となる美玲の協力が必要となるのであれば、必ず説明してくれるはず。

美玲はキッと顔を上げた。

「誠治さんからは、将来政治家になるとは聞いていません。彼は、外交官であることに誇りを持っています」

「あなたね……誠治は総合職なのよ。もしこのまま外交官として歩むと、大使となる人間です。外務省が妻となる人間を調べないわけがないでしょう」

「そんなっ」

まさか、配偶者となる人間の身元調査が行われるのだろうか。その場合、美玲はどうなるのか。以前はフランス国籍を持っていたというだけで、許されない気がする。

しかも母親が怪しいところから借金をしている。とてもではないが将来の日本大使の妻として認められないだろう。

震えはじめた美玲に追い打ちをかけるように、頼子は言葉を重ねた。

「ここにいる清香さんはね、主人の私設秘書をしていましたの。華道の家元のお嬢さまで、誠治の小さな頃からの婚約者です。あの子は、清香さんのように清廉で立派なお家の方を妻とするべきなの。わかるわね？」

美玲はまたも何も言えなくなってしまう。カコーンと鹿威し(ししおど)が鳴り、部屋に鳴り響いた。

「それに、ここには連れてきていないけど、清香さんはもう誠治の子どもを産んでいるのよ」

「えっ」

——そんな、バカな。あんなにも誠実な人が、どうして。

言葉を失くした美玲の前に、一枚の写真が差し出された。恐る恐る覗き込むと、そこには誠治に似た男の子が写っている。

「ちょっとした行き違いがあって、誠治はまだ認知も入籍もしていないの。でも、近々清香さんと結婚することになっています」

周囲の音が消えていき、美玲の目の前が暗くなる。

「そんな……そんなことって」

「驚くのも無理ないわね。今の誠治はどうやらあなたに気持ちが向いているようだから……ね、子どものことを考えて、あなたの方から別れてほしいの」

「……私から？」

誠治が素直に子どもの認知をして、清香と結婚するために美玲から関係を断つようにと、頼子はさも当然のように言い放った。

「それから、子どものことを私から聞いたなんて、言わないでくださる？　あの子が余計な気を回すといけないから」

硬い表情を崩すことなく、頼子は美玲に冷たい声を出した。

「もちろん、ただで別れなさいなどとは言いません。あなたが約束を守ってくだされば、借金の方はこちらで片付けて差し上げましょう」

「それは、どういうことですか」

やっとのことで声を出した美玲に、頼子は冷ややかな瞳で言い放つ。

「慰謝料と思っていただいて、構いませんことよ」

彼女は言い切ったとばかりに湯呑を持ち、茶を飲みはじめる。口に含み終えると、ことりと食卓の上に置いた。

「納得していただけたかしら」

そう問われても、いきなり言われたことに納得などできない。初めての恋人の誠治と別れるなんて、簡単にはできない。

頼子の隣に座る清香は流麗な眉根を寄せると、申し訳なさそうに言葉を足した。

「橋渡さん、誠治さんが何を言ったのかわかりませんが、ごめんなさいね？　こちらの事情を伝えていなかったのは、彼のずるいところなんです。でも、あなたも傷が浅いうちに別れた方が、いいと思いますの」

「……傷だなんて」

「誠治さんとは、幼稚舎時代からの幼馴染（おさななじみ）ですの。ご学友の皆様に確認していただければ、私たちのことをよくご存じのはずよ。彼が落ち着いたところで結婚する予定が、海外で研鑽（けんさん）を積みたいからってアフリカに行ってしまって。困った人なの」

清香は美しい顔をさらに輝かせるようににっこりと笑った。いかにも品があり、たおやかな風情（ふぜい）の美人が、心から美玲のことを憐れんでいる。

あまりのことに、いたたまれなくなってきた。

「誠治さんは、そんなこと一言も教えてくれませんでした。彼に、確認させてください」

「あら、そんな悠長（ゆうちょう）なことを言っていられるのかしら。あなたのお母様がお金を借りたところは、人身売買をしていると噂のある団体なのよ。このままではあなたのお母様、連れていかれるのではなくて?」

ガタン、と音を立てて膝を上げる。

どうしよう、そんな反社会的勢力に関わるなど、あってはならないことなのに。確かに借金の取り立てにしては怪しげな男が訪問してきた。あの風貌から、その方面の人と言われると納得してしまう。

「今了解していただければ、すぐにでも借金の返済をさせていただきます。遠慮しないでくださいね」

美玲は嫌な予感ばかりが思い浮かび、真っ青になった。

それでも、写真を見せられただけで了解などできない。誠治からの説明が欲しい。彼が子どもを認知しているのであればともかく、まだしていないのだから。

「申し訳ありませんが、すぐにはお答えできません。借金のことも、母と話します」

「あら……そうなの」

清香はいかにも残念といった顔をした。頼子の方は、「それもそうね」と言い、弁護士の名前の書かれたカードを卓上に置く。

「うちの顧問の先生ですの。決心がつきましたら、こちらに知らせてくださる?」

「……はい」

美玲は小さな声で答えると、震える身体を自分の腕で押さえ込んだ。母親の借金に大物政治家の息子。そして誠治の婚約者と子どもの存在に、息が止まる。

慰謝料の額を提示されても、頭の中は白いままで——

どうしようもない状況に、美玲は俯くことしかできなかった。


アパートに戻る途中の公園で、美玲はベンチに座る。普段から走っている時に見る風景が、今は違うように見える。それでも木々の緑は美しく、美玲の心を落ち着かせた。

透き通るような空を見上げながらも、考えるのは彼のことだ。

——誠治さん、会いたい。会ってあなたの口から本当のことを聞きたい。

婚約者にも会い、子どもの写真を見せられた。

けれど、今時は誠治の小さな頃の写真を使えば、加工は簡単にできる。彼の母親からも説明されたけど……やっぱり本人からでなくては信じられない。

別れるなんて重大なことを、簡単に決めることはできない。やっぱり、彼が帰国するのを待ってから連絡をしよう。

美玲は気持ちを切り替えると立ち上がる。借金のことも、彼に一度相談してみよう。

眩いばかりの日差しが美玲に降り注ぐ。まだ、この時は誠治のことを信じることができていた。


そして、誠治が出張から帰って来る日の前日。

美玲はその目で思いがけない光景を見てしまう。ハロウィンのイベントの用意をするため、郊外にあるショッピングモールに赴くと、誠治が女性と連れ立って歩いていた。それも、彼に似た男の子と一緒に。

——まさか！

ドクン、ドクンと心臓が嫌な音を立てている。さっきまで聞こえていた、ざわつくフロアの音が静まり、彼の姿がスローモーションのように流れていく。音のない景色の中で、誠治が隣に歩く子どもを抱き上げて微笑んだ。

美玲は呼吸を止めた。

彼が抱き上げている子どもは、誠治にそっくりだ。二重の目も、形の良い眉も。いかにも賢そうな顔がよく似ている。

「なんで……」

疑問が頭の中をぐるぐると回っている。彼は一人っ子だから甥ではないし、どう見ても仲の良い親子にしか見えない。ぐずついていた子どもは、誠治に抱き上げられた途端、きゃっきゃとはしゃいでいる。

隣にいる女性は、鮮やかな紅色のワンピースを優雅に着こなし、幸せそうに微笑んでいた。

黒目の大きな顔立ちの彼女とは、以前一度だけ会ったことがある。

——あの女性は！　誠治さんの婚約者だと言っていた……！

日本人形のように白い肌に漆黒の細くまっすぐな髪。一重で切れ長の目に小さな唇。品のある佇まいは、日本人の美を思い起こさせた。

いつか大使となる外交官の妻であれば、自分とは違い東洋系の美人の方がいいに違いない。そんな劣等感を抱かせるのに十分な美しさをも持つ彼女に嫉妬していた。だから――

「誠治さん……うそ」

やはり、彼の母親から聞いた話は本当だった。

ほんの少し前まで、誠治と結婚する未来を夢見ていたのに。現実を目の前にして、美玲の足は震えてしまう。通り過ぎていく彼らの後を追いかけたいのに、まるで床に接着剤で留められたかのように足が動かない。

「あなた、大丈夫？　お顔が真っ青よ」

通りすがりの女性に声をかけられ、美玲はハッとして鞄を持ち直した。

「いえ……大丈夫です」

女性にそう答えると、まずは傍にあったベンチに腰かける。そして彼らのいた方向を見ると、どうやらフードコートのある場所に向かっているようだ。

三人の姿が人込みの中に入っていく。現実とは思えない彼の裏切りに、美玲の心はナイフで切り刻まれたように血を流す。――痛い。痛くてたまらない。

呆然とした美玲はやっとの思いで自宅に帰りつくと、疲れきった身体を両手で抱きしめる。

誠治の婚約者の女性――美しい清香の隣にいた彼と子どもは、いかにも幸せで仲の良い親子に見えた。

子どもの顔があれほど誠治と似ていなかったら、ここまで動揺することはなかっただろう。他人とはどうしても思えない、血のつながりが誠治と子どもにあるのは一目瞭然だった。

子どもが二歳とすると、妊娠、出産は誠治がアフリカに赴任していた時期と重なる。こうなると、何もかもが嘘だったのかもしれない。

頑なに自宅に招いてくれなかったのは、彼女と住んでいるからだろうか。疑いはじめると、信頼が脆く崩れ去っていく。

美玲の耳の奥で警報音が鳴っている。

——私、騙されていた……

誠治は彼にそっくりな子どもを連れ、清香と一緒にいた。何かの誤解だと思いたいのに、気持ちは重く沈んでいく。

プロポーズの予約をしたいと言ってくれたのは、ついこの前のことなのに。

美玲は塞ぎ込みそうになるたびに、スマートフォンを握りしめた。誠治に連絡を取った方がいい。けれど——

もう、信頼は崩れている。帰国時に空港へ迎えに行きたいと言っても断られたのは、このためだったのか。一緒にいた子どものことを考えると、自分が身を引くべきなのは明らかだ。

——誠治さん、もう、あなたのことを信じられない……

美玲はスマートフォンを手に取ると、頼子から教えられた弁護士の連絡先を入力する。すぐに応答があり、話は簡単に進んでいった。

翌日、職場からの帰り道で美玲は声をかけられた。——以前、アパートまで来たことのある借金取りの男だ。

「なぁ、あんた。どんな手を使ったんだよ」

「あの……借金のことですか？」

「そうだよ、今朝全額が返済されたからさぁ、コレ。すぐに渡せって」

男はイラついた顔をしながら、封筒を手渡してくる。中には返済終了と書かれた証文が入っていた。

「……」

美玲は口元を手で覆って読み返す。どう見ても、借金が全額返済されている。

昨日の今日で、誠治の母親が動いたのだろう、美玲は穴が開くほどに証文を見つめた。

男はねっとりとした視線を投げつつ、くくっと笑っている。まるで蛇のようだ。

「あーあ、せっかくの美人親子。面白そうだったのになぁ、ま。また用があったらうちを使ってよ。オタクの母親なら、年齢いってても熟女枠で売れるからさ」

彼は言い捨てるように「じゃあな」と離れていく。

もし借金を返済できなかったら、どうなっていたのだろう。さっきの言葉からして、考えられるのは性産業しかない。そんなことにでもなったら――

美玲は頭を振って考えを追い出した。借金地獄の恐怖は去ったけれど、次の問題が目の前に立ちはだかる。

――もう、誠治さんと別れないと……

完全に外堀を埋め尽くされた。

美玲に迷う隙を与えず、たたみかけるように借金を返してしまう。こうなると、約束を果たさないとどうなってしまうのか。……またあの蛇のような男がやってくるに違いない。

美玲は切り刻まれるような痛みを覚えつつ、胸を押さえる。

——別れるなんて、本当は嫌。

美玲は顔を上げて空を見つめた。そうしないと、涙が流れ落ちそうで……もう、心が麻痺したように動かなかった。

誠治から帰国したと連絡が来て、美玲は覚悟を決めてメッセージを送信する。

何度も文面を考えて書き直したけれど、結局はシンプルな言葉しか書けなかった。

『私はもう外国に住むのが怖いので、誠治さんについていくことはできません。さようなら』

どうして別れるのかと言われたら、アフリカの出来事を理由にしよう。

大好きなアフリカを悪く言うのは気が引けるけれど、外交官の妻となれば、海外を転々とする生活になる。

子どもの教育のために別居する人もいるが、基本的には夫婦が揃っていることが望ましい。

でも……あの内戦状態の国から退避した経験のある美玲であれば、『怖い』という感情を持って当たり前だ。誠治も納得してくれるだろう。

それに、もう既に慰謝料を受け取っている。誠治と別れる時に、子どものことを引き合いに出さないようにと頼子からも口止めされていた。

子どもを挟んだ二人はとても親密そうにしていたけれど、誠治と清香の間には、何か事情があるのかもしれない。でも……

――誠治さん、もう、あなたとは終わりだから。

すぐにスマートフォンが震える。画面を見ると、やはり誠治からの着信だ。けれど――

美玲はそれに出ることができず、手にしたまま固まる。声を聞いたら、きっと覚悟が揺らいでしまう。

もう、できれば会わずにいられれば……そう願うけれど、誠治はメッセージ一つでは納得しないだろう。

美玲は覚悟をして唇を噛みしめる。自分が身を引くことが、誠治のためになるのだから。

清香のような後ろ盾のある、美しい日本女性の鑑のような人と結婚した方が、彼も幸せになるに違いない。

――それに、子どもがいるなら身を引くのは私の方だ。

そう思うことでしか、美玲は前を向けなかった。

何度もあった誠治からの着信を無視し続けると、さすがに電話するのを諦めたようだ。『話がしたい』と送られてきたメッセージには、『今はできない』と返事をしたままになっている。

借金が消えたことは、母親にはまだ伝えていない。

全て消えたと知って、また同じように借りられても困ってしまう。それよりは借金があると思わせていた方が、いいのかもしれない。

　自分が月々の返済の手続きをしていくから、と伝えると海鈴は「悪いわねぇ」と言い、とりあえず大人しくしている。

　家を出ていく気配はなく、美玲はアパートの灯りがついているのを見ると心が重くなっていく。自分の母親のことを、こんな風に感じることさえ悪いと思ってしまう。

　美玲はいつものようにアパートに帰ると、海鈴に向けて「ただいま」と言いながら玄関を開けた。すると見慣れた男物の革靴が置いてある。

　――どうして？　誠治さんがいる！

　出張前はよく訪れていたから、来たとしても不思議ではない。

　けれど、今は母がいると伝えていなかった。母にも誠治の件は言い出しにくく、何も伝えていない。あの母のことだから、嫌な予感がするけれど……

「あら、美玲。お帰りなさい！　あなたったら、こんなにも素敵な彼氏がいるなんて。どうして言ってくれなかったの？」

「お母さん……それに、誠治さんも」

　若く美しい男性を見て、海鈴は明らかに上機嫌になっていた。

　一方、誠治はコートを着たまま、小さな部屋の中で正座をしている。表情を硬く強張らせながら、彼は顔を上げた。

「美玲、話がしたくて訪ねたところだ」

「あら、お話ならここでしたらいいわよ。私が夕食を作るから、彼氏さんももちろん一緒に食べていくわよね？」

「お母さん！　いいから、ちょっと外で話してくる……誠治さん、行きましょう」

「ああ」

誠治は立ち上がると「お邪魔しました」と言って海鈴に頭を下げた。そしてすぐ靴を履くと、もう離さないとばかりに美玲の手を握りしめる。

「っ、誠治さん……」

「行こう、美玲」

有無を言わさぬ力で引かれていく。玄関の扉が閉まると同時に、腰にも手を回してきた。

「誠治さん、これはちょっと……お願い、手を外して」

「こうでもしないと、君は逃げてしまうだろう？」

「っ、今日は、もう逃げないから」

「信用できない」

誠治は怒りを含んだ声音で返答をする。これまでとはまるで違う彼の姿に、美玲は慄いてしまう。

それでも抵抗できず、連れていかれるままタクシーに乗り込んだ。「ホテルへ」と運転手へ伝えた行先を聞き、美玲は身体を強張らせる。

「誠治さんっ……！」

「静かに二人で、話をしたいだけだ」

タクシーはシティ・ホテルの前に停まった。逃げないと言ったからには、誠治と向き合わないといけない。美玲は手を引かれるまま後をついていく。

チェックインを終えた彼は沈黙したまま部屋に入ると、扉が閉まった途端に美玲を腕の中に囲い込んだ。

「美玲……っ、別れるなんて、言わないでくれっ」

肩口に頭を置いた彼は、苦しい心情を吐露するように呻く。「離れたくない」と言われると、美玲の心が揺れてしまう。

それでも、ここで別れなくては子どもを不幸にしてしまう。それに借金のことも、母のこともある。

「誠治さんっ、もうダメなの」

美玲は声を震わせた。別れることは、考えた上での選択だ。

誠治を愛している。

だからこそ、ここで別れないといけない。

「中東に派遣が決まった。きっと……三年は赴任になる。美玲、僕についてきてくれないか？」

必死な声に抗うように、美玲は顔を左右に振った。「ごめんなさい」と小さく謝ると、誠治は顔をくしゃりと歪め懇願する。

「……どうしても、ダメなのか？　それならもし僕が外交官を辞めると言ったら、結婚してくれるのか？」

顔を上げた誠治は、縋るような声を出した。美玲が外国に行きたくないなら、日本国内にいられるように仕事を変えるつもりらしい。けれど……

「そんなこと言われても……ダメよ……もう、考えられない」

外交官を辞めるなら、政治家の道を歩むのだろう。そうなると美玲はもっと立場がない。

後ろ盾となる実家もなければ、借金を作るような母親しかいない。まして、異国の血を引く自分を奇異な目で見る人は未だにいる。

「誠治さんとは、結婚できない。……だから、もう別れて」

ぐっと喉の奥からせり上がるものを堪えながら、美玲は下を向いた。誠治の顔を見ることができない。

「美玲っ、こっちを向くんだ。美玲」

俯いた顔を上向きにするように顎を持ち上げられると、彼の鋭い視線の奥に、チリチリと情欲の火が灯るのが見える。

「許せない。……君は俺だけのものだ」

誠治は静かな怒りを含ませた声で呟き、美玲の思考を止める。同時にもう、何も言わせないとばかりに口を塞いだ。

「んっ、んんっ」

これまでの優しい口づけとは比べ物にならないほど、貪欲なキスが降りかかる。まるで噛みつくような勢いで誠治は唇を重ねた。

蹂躙するように舌が口内に差し込まれ、唾液を飲み込まされる。抵抗しようにも、身体を壁に押しつけられ、手は指の間に縫うようにつながれている。

息もできないほどの激しい口づけが続き、美玲は目を閉じた。眦（まなじり）からつーっと雫（しずく）が落ちるけれど、拭（ぬぐ）うことは許されない。

美玲の両腕を頭上に持ち上げた誠治は、腕の動きを片手で封じ込めた。両足の間に誠治の膝を差し込まれると、身動きもできない。

誠治の右手が蠢（うごめ）き、美玲の服を脱がせていく。ブラウスのボタンを外し、背中に手を回してブラを緩めた。

「美玲っ、美玲！」

苦しげに押し出される声を受け止めながら、美玲は弱々しく抗（あらが）った。それでも男の手が太ももをなぞり、スカートの裾を持ち上げる。

「んっ……ダメ、やめて」

拒否しても、乱暴に触れる彼を止めることができない。いつもと雰囲気の違う誠治に、恐れを感じて身体が強張る。

「美玲……っ」

彼の掠れた声を聞くと、思わず涙がツーッと流れ出る。これだけ抵抗しているのに、誠治は止めてくれない。

——そんなの、ダメだから……

これでは無理やり襲われるのと同じだ。

涙を見てようやく美玲の気持ちに気づいた誠治は、壁に縫いつけていた両手を離した。くたりと力の抜けた美玲を抱き留めながら、肩に頭を置いて呻く。

「美玲……っ、好きなんだ、美玲……」

壁に背をもたれて立ったまま、美玲は顎を上げて目を閉じた。美玲の心はぐちゃぐちゃになりながらも、誠治の告白を受け止める。

「誠治さん」

最後のところで、彼は理性を働かせた。壁をダンッと叩くとそのまま、美玲を抱きしめる。

「ごめん、美玲……っ、こんな乱暴にして……俺」

「……」

美玲は何も言えなかった。こんな風になるなんて、思いもしなかった。

あまりの衝撃に震える身体を、誠治の身体で覆われる。互いの頬を濡らしたまま、二人は言葉を失っていた。

「もう、別れて……」

美玲の懇願する声を聞いても、誠治は返事をしない。打ちひしがれて、美玲を抱きしめている。

だが、腕の力が弱まったところで身体を引きはがすと、彼が冷静になる前に美玲は服を整える。

そして呆然とする誠治を置いて、部屋を飛び出した。

泣き顔のままアパートに戻ると、海鈴は「あら、一人なの?」と呑気な声をかけてくる。

この人のために、今、自分は大切な人を失ってしまった。どうすることもできない怒りが込み上げてくる。

「お母さん……もう、出ていって。家に帰って」

声色を強め、美玲は叫ぶように母親に言葉をぶつける。

すると急に反抗しはじめた娘に海鈴はたじろいだ。

「なんで？　美玲、ここを追い出されたら帰るところなんてないのよ？」

「ママンの家があるでしょ。もう、あの蛇男も来ないから戻って」

「来ないって、借金が残っているでしょ？　またあの男に会うのは嫌よ」

美玲はたまらなくなり、引き出しの奥にしまっていた証文を取り出した。すでに借金の返済が終了していることを示す紙だ。

「借金は……もう、返したの。彼と……誠治さんと別れる条件で、彼の母親から慰謝料を貰ったの」

「え、慰謝料って」

「だからもう、お願いだから私の前に現れないで！　お母さんの借金のために、私は彼と別れたの！」

深夜にもかかわらず、美玲は感情を抑えることなく声を荒らげた。母親のために我慢してきた全てが虚しくなり、気持ちをぶつけてしまう。

「美玲、本当に？　あんな素敵な人と、別れてしまったの？」

「もう、私に構わないで！　お願いだから、もう……出ていってよ……」

感情の赴くままに気持ちを吐き出した美玲は、化粧を落とすことなく布団の中に入った。乱暴された服のままだけれど、着替える気力も起きない。

「……美玲」

布団の中で泣いている娘を、海鈴はただ眺めるだけだった。抱きしめることも、撫でることもなく――

翌朝遅くに目が覚めると、海鈴は部屋にいなかった。

食卓の上には「家に帰ります」とだけメッセージが書かれている。言いすぎたのかもしれないけれど……そうでもなければ、いつまでも海鈴はいただろう。

ふぅ、と息を吐いた美玲は顔を上げた。

昨日の服のまま寝てしまったから、熱いシャワーを浴びようとして服を脱ぐと――ゆうべの誠治がうなじに残した跡が白い肌に赤く浮き上がっている。

もう、これで最後なのだと思い……美玲は嗚咽(おえつ)を零(こぼ)す。流した涙を洗うように、何度も湯を浴びるのだった。

海鈴が家を出てからしばらく、美玲はただルーティーンをこなすように仕事に没頭する。

収入を上げるために副業願を出し、家庭教師をはじめた。フランス語の話せる日本人講師の需要は多く、思った以上の収入になる。

季節は冬を越え、春が近づいていた。年度替わりが迫り、少し早めの桜が色づきはじめた頃。美玲は手紙を受け取った。

差出人は、一三条誠治だった。

達筆で書かれていたのは、あの日の無理やりしようとした行為への謝罪。その上で美玲とやり直したいこと。中東に出発する日まで、飛行機に乗るその時まで待っているとのメッセージだった。

——許してほしいって、私、あの日のことは怒ってなんかいないのに……

嫌だと伝えると、彼は手を止めてくれた。結局のところ、あの日はキスをしただけに等しい。それに……日がたつにつれ美玲は冷静になっていた。

子どものことも、借金のことも、母のことも。

誠治に相談すれば、一緒に解決方法を考えてくれたのかもしれない。

大物政治家である父親のこと、それに婚約者という清香のことも。疑問に思うことを聞けば、もしかすると真相は違うのかもしれない。

中東に行く前に、話すことができるだろうか。いや、やっぱりこのまま別れるほうが彼のためになる。——それなのに。

美玲は決心ができずにいた。彼に会いに行くのか、どうしようか——

迷っているうちに、誠治が飛行機で出発する日となってしまった。

外は小雨が降っている。どんよりと曇(くも)る空を見上げ、美玲は足を踏み出した。

まだ春のコートを着るのは少し早く、ベージュ色のショートコートに黒のロングスカートを穿(は)いている。編み上げのショートブーツで空港の白く光る床を歩くと、コツコツと音が鳴り響く。

美玲は中東に向かう航空会社のカウンターを確認すると、出国手続きの入口付近に向かった。カウンターの列に並ぶ誠治を見つけることはできなかったが、彼のことだからギリギリまで美玲を待っているだろう。

陽の光が差し込む煌（きら）びやかなエリアを歩いていくと、視線の先にトレンチコートを着た男性を見つけた。

すらっとした立ち姿に、綺麗にセットされた髪。これから飛行機に乗るにもかかわらず、スーツ姿の彼。

——誠治さん……

少しやせたのか、頬がこけている。食事はきちんとしていたのだろうか、忙しくなるとつい忘れてしまうと言っていたのに。

一か月ぶりに目にする姿が眩しくて、美玲は足を止めた。

あんなにも素敵な人に、自分は求められていた。けれど、断ってしまった。

……それでも、謝りたいと言うのだから、今声をかけないと後悔するだろう。

勇気を出して足を進めた途端、見覚えのあるベージュのスーツを着た女性が誠治に近づいていく。

——あの人は！　婚約者の！

彼の母親から誠治の婚約者と紹介された御小路（みこうじ）清香だ。

彼女が微笑みながら近づくと、誠治は顔を緩め清香を見つめる。何かを話した二人は、連れ立って歩いていく。

子どもは置いてきたのか、姿を見ないけれど……美玲の心は凍りついた。

——どうして？　誠治さん、私を待っているって……

今日を逃せば、次はいつ会えるかわからない。だから勇気を出して空港まで来たのに……誠治は清香を選んでしまった。

手紙には謝罪したいと書かれていたのに、違ったのだろうか。

あれほど誠実な人が、自分を呼び寄せておきながら婚約者と過ごすなんて、どうしてこんな酷い仕打ちができるのだろう。

二人の後ろ姿が人込みの中に紛れていく。追いかけなくては、もう誠治と会えない。それでも、婚約者を押しのけて話をするなど、とてもできそうにない。

美玲は呆然として立ち止まったまま、二人の歩いた方向を眺めていた。もう、彼らを見つけることはできない。スマートフォンで連絡を取る勇気もなかった。

美玲は身体の向きを変えると、コツコツと靴音を鳴らして歩いていく。振り返ることすらできそうになかった。

第五章

美玲はゆるやかにウェーブする髪を片側に流し、ゆるく三つ編みにしている髪を撫でた。

一度はショートボブに切った髪も随分と伸びている。柔らかくて明るい色をした髪は、美玲の優しげな雰囲気を引き立てていた。

あれから、三年の月日がたっている。

近所にある比較的大きな公園に到着すると、木漏れ日の中で新緑の木々から放たれる香りを胸に吸い込んだ。緑に癒されつつ、美玲はストレッチをしてから走り出していく。体力をつけるために、なるべく休日にはランニングをしていた。

走っている時に感じる鼓動を聞いていると、思考がクリアーになっていく。美玲は気持ちを整理するように走り込んでいた。

空港まで行ったのに、声をかけることもできず帰ってきたあの日。涙が涸れるほど泣いてしまった。そして疲れきったまま、無為に日が過ぎていく。

あの頃は誠治のためと言いながら、自分のことしか考えていなかった。

冷静になってみれば、子どもがいたとしても美玲と付き合う前のことで、婚約者であった清香と何かあったのかもしれない。

――子どもがいるから、結婚したって……破綻する時はあるんだし。

自分のことを考えてみればよくわかる。子どもにしてみれば、自分のために両親が結婚していても、それが最善だとは言い切れない。

母の海鈴はことあるごとに「赤ちゃんができたから、あの男と結婚した」と言って憚らなかった。

そのせいで、どれだけ傷ついてきたか。

子どもにしてみても、血のつながった親がいつでも一番いいとは限らない。

美玲にとっての海鈴がいい例だ。彼女からは愛情だけとは言えない、べっとりと絡みつく執着を感じる。

まるで子どもという、最後の保険にこだわっているような……それがどれだけ、美玲にとって負担となるのか、考えるまでもない。

冷え切った夫婦仲の両親や、毒親の下で育つよりも、義理であっても愛のある家庭の方がいい。

まるで自分のことのように考えてしまうと、気分が落ち込んでしまう。それでもあの時は、そんな風に冷静になって考えることはできなかった。

誠治にしてみれば、美玲がいきなり心変わりをして驚いただろう。借金の件もあり、十分な説明もしないで別れてしまった。

でも、あれ以来誠治からはなんの連絡もない。

空港で見た感じからすると、きっと清香と共に歩きはじめたのだろう。自分が諦めたように、きっと誠治も区切りをつけたに違いない。

「はぁ……もう一周走ろうかな」

一・五キロほどの池の周囲を走るコースは、人気があるため休日は人で混みあっている。けれど語学スクールの教師をしている美玲は、午前中は空いていることが多く平日に公園を訪れていた。

鳥のさえずりが聞こえてくる。桜でも有名だけれど、もう散ってしまったからそれほど人は多くない。

気持ちをリセットするように走りはじめて三年。

美玲はもう少し走ろうと足を踏み出していく。

それでも、新しい恋を見つけようと思っても、もともと男性が苦手な美玲には難しかった。特に恋愛をしようとすると、奔放な母親のことを思い浮かべてしまう。

彼女は田舎の家に帰った後、また外国人男性と交際しているようだ。

けれど、強く突き放してからは距離を取るようにしている。電話がかかってきても、適当に相槌を打って最後まで聞かずに切っていた。

——でも、前を向いていかないとね……

気がついたらもう二十八歳になっている。いい加減、次の恋に向かってもいい頃だ。

誠治のことはすでに区切りをつけているのだから。

はぁ、と息を吐きながら美玲は、流れていく景色の中に気持ちをしまい込むように、彼の記憶を頭の中から追い出していた。


勤務先の語学スクールに行くと、受付にいるちなつが忙しいのを見て、声をかけようか迷ってしまう。

ちなつはスポーツ観戦中に出会った男性と、交際している。商社に勤めるとても爽やかな青年だ。からりと明るいちなつにピッタリの相手だと思う。

その彼が社会人フットサルチームに所属している関係で、フランス語を学びたいと零した男性に美玲のいる語学スクールを紹介した。

男性の名前は三筋康介。――今の美玲の恋人だ。

三筋は学生の頃はフットサルの主力選手だったらしく、筋肉質な身体つきをしている。いかにも体育会系な男性で、男らしい風貌をしていた。

初めて彼と会った頃の美玲は、強気な態度になかなか馴染むことができなかった。けれど、再三のアプローチに音を上げる形で付き合いはじめている。

「あっ、美玲！　ちょっと待って。今、この書類を整えたら話があるの」

「え……うん、わかった」

ちなつに呼び止められ、美玲は受付の奥にあるブースに入っていく。するとファイルを抱えたまま、ちなつが顔を覗かせた。

「美玲、彼から聞いたよ。とうとう三筋さんと付き合うことにしたの？」

「あ……う、うん」

「浮かない顔をしているけど、大丈夫？　もしかして何かあった？」

「ち、違うの。三筋さんのことは……いい人だと思ってる」

「そっかぁ、美玲もやっと彼氏ができたんだから、もっと嬉しそうな顔をしたら？　今日も彼のレッスンがあるんでしょ？」

「そうなんだけどね」

「それに三筋さんの会社、業績いいみたいだね。経済誌にインタビューが載ってたって」

「うん」

三筋はちなつの言う通り、中小企業だけれど伸びざかりの商社に勤めている。

彼はいつかは自分がトップに立ちたいと言っていた。会社も彼を評価しているのか、企業インタビューには三筋が答えたらしい。

彼は普通の会社に勤める、普通よりはちょっと体格のいい男性。

美玲が以前フランス国籍を持っていたとしても、気にすることもない。

母の評判がどれだけ悪くても、彼の仕事には影響しない。男らしい彼ならば、自分を守ってくれるに違いない。

美玲は一人で立ち続けるのが辛くなっていた。

誠治と別れてから、ひたすらお金を貯めることを目指して働いている。いつか頼子に、立て替えてもらったお金を返すためだ。けれど、本当は休みの日には旅行に行き、お洒落も楽しみたい。

借金を肩代わりした分を返済するように、とは言われていない。けれど、美玲の意地もあり頑張ってきた。でも……

「俺なら美玲先生に苦労なんてさせないから」

困っていたことを三筋に見抜かれ、何度目かのレッスン中に口説(くど)かれ気持ちがぐらりと傾いた。

「先生はうんと頷くだけでいい。これから俺のことを知ってくれれば、それでいいから。恋人になってほしい」

男の鋭い瞳で見つめられ、美玲は抗(あらが)うことができずに頷いていた。

それが先週のことだった。

それから一週間。毎日のように三筋からメッセージが届き、夜寝る前には声が聞きたいと言われ電話がくる。

今日は仕事が終わった後で、食事に行こうと誘われていた。——けれど。

——三筋さんのことは、早まったかなぁ……

美玲はもやもやとする気持ちを隠すように胸を押さえる。やはり、まだ好きとは思えない人の恋人になるなんて、了承しなければ良かった。

美玲はカレンダーを覗き込むとため息を吐いた。あれからもう、三年……予定通りであれば、誠治が日本に帰ってくる年だ。


「ところで美玲。今日はプライベート・レッスンの体験申し込みがあるけど……大丈夫？」

春も近づき桜の花が咲く季節になると、語学スクールの問い合わせは増えてくる。

美玲も生徒の入れ替わりの時期となり、忙しい毎日を過ごしていた。ただ幸いなことに、転勤などの理由以外で辞める人は少ない。

「プライベートの方が教えやすいから助かるけど……それって男性だった？」

「うーん。名前の感じからすると、多分男性」

「そっかぁ、男性かぁ……女性なら良かったのに」

受付に座るちなつと相談していると、美玲の後ろに大柄の人が立ち顔に影が落ちる。振り返ると、先ほどクラスを終えたばかりの三筋が立っていた。

「美玲先生のプライベート枠が空いているなら、俺が増やそうかな」

「三筋さん！　それは……もう、ダメです」

「どうして？　先生の収入増になるなら協力するよ？　誰かわからない、新しい生徒を引き受けるよりもいいだろう？」

「それはそうですが、スクールの方針でプライベート・レッスンは一人一枠だけです」

「それって、本当？」

三筋はちらりとちなつの方を振り返った。

「美玲先生に会いたい気持ちもわかりますが、三筋さん。プライベートは一人一枠だけですよ」

ちなつは三筋に向かってにっこりと笑った。そして彼に向かってボソッと声をかける。

「三筋さんが心配する気持ちもわかりますが、今回の体験は美玲先生を指名しているので、諦めてください」

すると彼は「そっかぁ」と頭をかいた。

「美玲先生、俺にしときなよ。俺なら先生を困らせるようなことをしないから」

ずいっと身体を近づけた三筋からは、断ることは許さないとばかりの圧力を感じる。

そうした強気な態度が苦手なのにと思いつつ、美玲は眉根を寄せて断る言葉を探していた。

すると――

「失礼します、フランス語の体験レッスンを申し込んだ者ですが」

入口から聞こえてくるのは、低くて心地良い声だった。聞き覚えのあるその声の持ち主を思い出し、美玲の心臓がドクンと跳ねる。

「あっ、はい！　一三条さんですね。こちらです」

ちなつが受付として対応する。振り返った美玲の視線の先にいたのは、やはり懐かしい——一三条誠治。

——どうして、彼がここにいるの？

美玲は目を大きく見開いて彼を見上げた。

久しぶりに見る誠治の顔は、日に焼けて以前よりも精悍になっている。

男らしい眉にすっと通った鼻筋。肉厚の唇に涼しげな目元。年齢相応に浮ついたところがなくなり、男の色気が増していた。

土曜日だというのに、きっちりとしたグレーのダブル・ブレストスーツを着ている。腕にはキャメル色のトレンチコートをかけていた。

「橋渡先生のプライベート・レッスンを申し込みに来ましたが、まだ空いていらっしゃるのですね。良かったです」

誠治はにこりと微笑むと、三筋をちらりと見る。それが気に食わなかったのか、三筋は硬い声を出した。

「すまないが、最後の枠は俺が押さえさせてもらった。だから、他の講師を当たるんだな」

「三筋さん！」

美玲があまりのことに動転すると、後ろに立っていた誠治が美玲の前にすっと身体を出す。

「橋渡先生ですね。一三条です」

「あ、はい」

彼から握手を求められ、反射的に手を出した。

久しぶりに触れる彼の手の感触に、思わずドキッとしてしまう。懐かしい、清涼感のある匂いが鼻に届くと、美玲の中に一気に、彼を愛していた時の恋情が巻き起こった。

その変化を三筋の目が捉える。

「三筋さん、申し訳ありませんが問い合わせをしてくださったのは、一三条さんが先になります。ご了承ください」

受付事務をしているちなつは、冷静に対応した。

説明を聞くと、三筋は「ちっ」と軽く舌打ちをする。分が悪いと思ったのか、それ以上は主張することもなかった。

「一三条さんは、こちらのアンケート用紙に記入していただけますか？」

「はい、わかりました」

「記入次第、体験レッスンの部屋に案内しますね」

ちなつは通常通りの対応をしている。その様子からして誠治が美玲の元カレだったことに気がついていないのか、知らないふりをしているのかもしれない。

動揺する心を抑えつつ、美玲もちなつを見習い三筋に講師として冷静に挨拶をした。

「それでは三筋さん、レッスンはまた来週ですね」

「……美玲、今日の仕事が終わった後で一緒に食事に行こう。一階のロビーで待っているから」

「三筋さん、それは」

「待っている」

三筋は話を聞くことなく去っていった。

あれだけ強情になっていると、簡単には引き下がらないだろう。誠治が現れたことで何かを嗅ぎ取り、焦ったのかもしれない。

困ったな、と思いながらも頭の中は誠治のことでいっぱいになる。

――でも、どうして誠治さんが来たの……？

彼は現役の外交官で、フランス語は入省してから二年間も集中して学んでいる。そんな彼に自分が教えることなど、ないに等しい。それでも美玲を指名していた。

事前にわかっていれば、避けることもできたのに……もう、こうなると体験レッスンをするしかない。

はぁ、と重いため息を吐いた美玲は、化粧ポーチを持って化粧室に向かう。誠治に会う前に、口紅くらいは直しておきたい。

久しぶりに話をする彼の目には、綺麗な自分で映りたいと思ってしまう。

鏡の前に立ってふと、過ぎた時間を思い浮かべる。そう、もう三年も経っている。

彼のことは忘れようと、仕事に没頭してきた。最近は新しい恋人もいる。――もう、赤の他人だ。

そう考える一方で、存在感のある彼に心が惑わされていた。それに美玲を指名して、プライベート・レッスンを受ける思惑がわからない。

美玲は困惑しながらも、トクトクと速く脈打つ心臓を止めることはできなかった。


『一三条さんは、どうしてフランス語を学ぼうと思ったのですか？』

体験レッスンのはじめに必ず聞くことを、誠治に問いかける。はじめはフランス語で、内容がわからなければ日本語で聞く。

本当は聞きたいことがたくさんあるけれど、ここは職場だ。いくら他の人が聞いていないといっても、プライベートな話はしたくない。

誠治は美玲の意図したことを理解したのか、『仕事で必要だから』と流暢なフランス語で答えた。

『フランス語がお上手ですね。これから何を学びたいのでしょうか？』

『まだまだ知らないフレーズが多いし、発音も直したい』

『謙遜（けんそん）されないでください。一三条さんは、とても綺麗に発音されていますよ』

やはり誠治の話すフランス語は完璧に近いものだった。それでも、時折硬い言い回しをしてしまう。そうした部分を指摘すると、彼は真摯（しんし）に間違いを受け入れていた。

——三筋さんとは、やっぱり違う。

三筋は男らしい体躯をしているが、見た目のわりに繊細なところもある。

間違いを指摘すると、引きずることがよくあった。そのためクラスではなるべく褒めるように心がけている。

そんなことを思いつつも、誠治に質問を続けていく。そうして語学スクールで決められた質問をし終えると、美玲は鉛筆を置いた。

『こちらからの質問は以上です。一三条さんからの質問はありますか？』

『……先ほどの男は、美玲先生を待っていると言っていたが、ああしたことはよくあるのですか？』

答えにくい質問だ。いつもであれば上手に誤魔化すけれど、相手が誠治となると、うまく言葉が出てこない。美玲は困ったな、とばかりに眉根を寄せた。

『そうですね……でも、彼は特別です』

特別、と言った瞬間に誠治の肩がピクリと上がる。意外だ、といった表情をした誠治が再び問いかけてきた。

『特別とは？　もしかして彼は美玲先生の恋人ですか？』

『……お答えできかねます』

どんなに生徒に聞かれても、プライベートのことは伝えないようにしている。今はＳＮＳもあり、情報はすぐに拡散されてしまうからだ。

はっきり答えないでいると、誠治も諦めたのか話題を変える。今年の桜は綺麗だとか、極力恋愛の話をしないようにして時間を乗り切った。

レッスンの合間に彼の左手を見てしまうけれど――指輪をしていない。まだ結婚をしていないのか、普段ははめていないのか。もしかすると清香とは離婚した可能性もある。

――やだ、そんなこと考えるなんて……

とにかく思考を止めて、普通に来た生徒と同じような対応を心がけ、乾いた笑みで取り繕う。

けれど誠治がふとした瞬間に冷たい目をしていることに、美玲は気づくことはなかった。


誠治は体験クラスを終えると、受付に声をかけスクールを出ていった。授業を終えた美玲が、内容を簡単に記したシートをちなつに渡すと、心配そうな顔をした彼女に声をかけられる。

「今の人……美玲の元カレだよね、外交官の」

「うん、そうだった」

「通しちゃったけど、大丈夫だった？　ごめんね、もっと早く気がついていれば事前に断ることもできたのに」

「いいの、ありがとう。普通の生徒さんと同じようにしてね」

「それならいいけど、何かあった？」

「別に、何もなかったから大丈夫だよ」

「でも、美玲は今から三筋さんとデートでしょ？」

「……うん、そうなるかな」

いい人だと思うけれど、三筋からの積極的なアプローチは少し苦手だ。本当はクラス準備のために早めに帰りたかったけれど、断ることは難しいだろう。

美玲は荷物をまとめると出口へ向かった。語学スクールの入っている複合ビルの一階はコーヒーショップがあり、全体が大きなロビーのように改装されている。

エレベーターを降りたところで、近くのソファーに座っていた三筋が立ち上がった。

「美玲、今日はどこに食べに行こうか？」

「三筋さん、そのことだけど。私、明日もクラスが入っているの。だから……」

断ろうとしても、三筋は話を聞く気はないのか「行こう」と美玲の手を取る。

その瞬間。

「美玲先生！　ここにいましたか」

誠治がコツコツと靴音を鳴らして近づいてくる。キャメル色のトレンチコートを颯爽(さっそう)となびかせていた。

「一三条さん、どうしましたか？」

生徒が来たとあって、三筋は握っていた美玲の手を離すが、険しい顔をして誠治を見ている。それとは対照的に、誠治は晴れやかな笑顔で話しかけてきた。

「いえ、折角ですから食事にお誘いしようと思って待っていました」

「え、それは……」

体験レッスン時にも聞かれ、答えているはずだ。美玲は三筋のことを『特別だから』と説明している。それなのに誠治は何も知らないような顔をしていた。すると隣から不機嫌な声が聞こえる。

「すまないが、美玲は俺の彼女なんだ。これから二人で食事に行くのを、邪魔しないでもらいたい」

「三筋さん」

隣に立っていた三筋はスッと美玲の前に出ると、誠治を睨みつけながら声をかけた。

三筋も背の高い方だが、誠治は拳一つ分高い。彼は一瞬だけ凍りつくような視線で三筋を見下ろした。

「……そうでしたか。それは知らなかった」

「悪いがこれで失礼する。行こう、美玲」

戸惑う美玲を連れていこうとする三筋に、誠治は「三筋さんとおっしゃいましたか？」と声をかけた。

「そういえば、経済誌に載っていましたね。記事を読みましたよ」

「あ、ああ。そうか、あの雑誌を読んだのか」

三筋は足を止めて誠治の方を向いた。雑誌のインタビューは、会社の若手ホープということで載っていたから、彼は殊の外喜んでいる。

先ほどのレッスン時にも、わざわざ雑誌を持ってきて美玲に広げて見せたくらいだ。

「商社の方でしたか」

「そうだが、君は？」

「僕ですか？　僕は一三条と言います」

すると誠治は胸元に手を入れ、名刺入れを取り出した。両手で自分の名刺を三筋に渡そうとすると、三筋も鞄の中から自分の名刺を取り出し交換する。

三筋は外務省のマークのついた名刺を見て、一瞬ぎょっとした顔になった。

「すみません、帰任したばかりで現在の役職ではないのですが、課長補佐から今は国連担当事務官をしています」

「外務省ですか」

「はい、中東アフリカを専門としています」

誠治が先ほどとは違いにこやかに対応するため、三筋も表情を和（やわ）らげる。だが、誠治に見せつけるように美玲の手を取った。

「一三条さん。まぁ、雑誌を読んでくれてありがとう。だが今日はもうプライベートの時間だから、悪いが失礼する」

三筋は偉そうに顎を上げ、美玲の手を握りしめた。誠治はその様子を見ても、にこりと爽（さわ）やかな笑顔を作っている。

「引き留めて申し訳なかったですね。美玲先生、来週からよろしくお願いします。レッスン、楽しみにしていますよ」

「は、はぁ……」

誠治は片手を上げ口元に笑みを浮かべている。だが、目は剣呑に光っていた。

彼の口ぶりからして、美玲のプライベート・レッスンを申し込んだのだろう。そうすると、また誠治と一対一で会うことになる。

――どうしよう、また誠治さんに会うなんて……

三筋の隣にいるにもかかわらず、かつての想いに引きずられてしまう。

こんなことではいけないのに、と思いながらも誠治から目が離せない。そんな美玲の様子に気がついたのか、三筋は不機嫌になっていた。

「美玲、行くぞ」

「あ、はい」

美玲は黙って足を進める。ビルを出てしばらくすると、素直に従う姿を見て機嫌を直したようだ。

「今日は肉にしよう」

独り言ちた彼は、美玲の手を離すことなく歩いていく。お気に入りの店があるのか、タクシーを捕まえると都心に向かって走らせた。

すると美玲なら選ばないような焼肉店の前で車を止め、中に入っていく。三筋は美玲の意見を何も聞かない。

――脂っこいものは苦手なんだけどな……

話せばわかってくれるのかもしれない。でも、それでまた三筋が不機嫌になると面倒だと思ってしまう。

美玲は文句を言うことなく店の中に入っていくけれど、まるでアクセサリーのような扱いに唇の端をギュッと噛みしめた。

翌週の土曜日。今日も三筋とのプライベート・レッスンが入っている。そしてその後は、誠治の番だ。

正直なところ、誠治の語学力ならもう一度語学スクールにお金を出して学び直す必要を感じない。

そのことは伝えたけれど、彼は構わないという。

すでに数回分のレッスン代が振り込まれているから、スクールのマネージャーからは教えるように言われている。

「困っちゃうなぁ」

三筋のことも、未だに迷いがある。気持ちを切り替えて、前を向いていこうと彼と交際をはじめたのに、今になって誠治が目の前に現れた。

レッスン中はプライベートに関わることは話題にしない。けれど、誠治に見つめられるとどうしても心がざわついてしまう。

こんな風に、胸を締め付けられるような想いを三筋に持ったことはない。

自分の二十八歳という年齢に、借金の返済。強そうな男性に守られたかったから、三筋との交際に踏み切った。けれど……

――こんなことじゃ、やっぱりダメだよね。

先週は夕食を共にした後、ホテルに連れていかれそうになった。どうにかして断ったものの、こんな風に性急に身体の関係を求められるとは思っていなかった。

ゆっくりと、美玲のペースを考えて進めてくれた誠治と何もかもが違う。比較している自分が嫌になるが、こんな気持ちのままで彼と付き合うのは失礼だろう。

やはり三筋の好意には応えられない。

美玲は自分の気持ちを整理すると、覚悟を決めてプライベート・レッスンの部屋に入る。生徒を失うかもしれないけれど、クラスが終わった後で彼にはきちんと伝えよう。

美玲は扉を開ける前に、大きく息を吸い込んだ。


三筋と通常のレッスンを終えた美玲は、彼に「今日、仕事が終わったら話をしたい」と伝えていた。ここのところの美玲の態度から、何かを覚悟したように三筋は頷き「一階で待っているよ」と言っていた。

次は誠治のクラスだ。

美玲は再び息を吸い込み、部屋の中へ足を踏み入れる。そこには穏やかに微笑む誠治の姿があった。

『美玲先生、今日は……どこか、調子が悪そうだけど大丈夫ですか？』

『いえ』

『僕には遠慮しないでください。彼と何かあったのですか？』

誠治は美玲が三筋と話しているのを見て、二人の間にある緊張感を感じ取っていたらしい。

でも、三筋のことを誠治に伝えるのは憚(はばか)られる。躊躇(ためら)っていると、誠治はフランス語で語りかけてきた。

『これは僕のフランス語のレッスンですから、美玲先生は聞いていてください』

『はい』

『君は、三年前に別れたはずの彼が急に目の前に現れて、動揺している。それを今の彼氏に責められ、迷いが生じた。……違うかな』

『違わないけれど……正しくはないわ』

『どう正しくないんだ？』

こんな会話を続けていいのか、迷いが生じるけれど誠治は話したがっている。会話の練習には違いないと、美玲はフランス語で返した。

『以前から、彼とのことは違和感があったの。誠治さんに再会する前から、性格が合わないと思っていて』

『……それで？』

誠治は先を促すように美玲に相槌を打つ。久しぶりに接する彼の優しさに、思わず美玲は本音を零してしまう。

『だから、今日でもう……終わりにしようと。簡単にはいかないかも、しれないけど』

『僕が手伝えることは、ないかな』

『……大丈夫です、自分で話すから』

『無理をしないで』

穏やかに微笑む誠治を見ると頼りたくなるけれど、美玲は首を左右に振った。三筋と美玲の関係だから、自分で決着をつけたい。

別れるとなると、三筋とのレッスンはかなり気まずくなる。マネージャーに事情を説明すれば、プライベート・レッスンの担当を降りることができるだろう。

『……大丈夫です』

そう答えると、そこから先は先生と生徒になって会話をする。フレーズの間違いを指摘したところで、時間が来てしまった。

「美玲先生、別れ話をするならなるべく二人きりにならないこと。できれば、一階のロビーで話すといい」

「あ、はい」

誠治はさらに「人目のあるところでないと、暴力沙汰になることもあるから、気をつけて」と言いスタスタと出ていってしまう。確かに別れ話がこじれると厄介だ。できるだけ人目のあるところで話をした方がいいだろう。

一階のロビーに出たところで、三筋が美玲を待っていた。覚悟を決め、美玲は彼のいるところへ歩いていく。すると彼女に気がついた三筋が顔を上げた。

「美玲、今日は何が食べたい？」

「あの、三筋さん。すみません、先ほどもお伝えした通り、少し話をしたいのですが」

「だったら、二人きりになれるところに行こう」

三筋は迫るようにぐいっと身体を近づけた。こうした圧力を感じるところが苦手なのに、彼はそれを読み取ってくれない。

美玲はしっかりと断らなくては、と思ってきっと顔を上げる。

「あの、お付き合いは解消したいと思っています。ごめんなさい、三筋さんの気持ちに応えることは、やっぱりできません」

真剣な表情で伝えると、三筋はぐっと堪えるように口を結ぶ。沈黙が二人の間に流れていた。

「……それは、あの男に会ったからか？　あの、外務省の」

「一三条さんは、関係ありません。その前から、三筋さんとは難しいと感じていました。本当に、ごめんなさい」

「そんな理由だけで納得なんかできない。美玲、もう少し時間をかけよう」

三筋が焦ったように美玲の手を掴み、引き寄せようとする。男の強い力に逆らうことはできない。ひっ、と顔を強張らせたところで、後ろの方から誠治が声をかけてきた。

「美玲先生、大丈夫ですか？」

「あ、一三条さん」

誠治は美玲と三筋の間に身体を割り込ませた。目の前が彼のトレンチコートのキャメル色でいっぱいになる。

美玲を守るように立った誠治は、三筋に冷たい視線を浴びせていた。

いきなり現れ、自分の前に立った男を三筋は忌々しげに睨みつける。その視線に怯むことなく、誠治は昏い声を出した。

「美玲先生はあなたとはプライベートでは会うつもりはないようです。これ以上は控えた方がいいのでは？」

「なっ、なんであんたがそんなことを言う権利があるんだ？」

「権利、ですか。そうですね、僕は美玲先生にプロポーズをしているので、彼女の返答次第では婚約者となる者です。十分に権利があると思いますが？」

「は？　プロポーズだって？」

「はい。少し待たされていますが」

三筋は納得できないと顔をしかめた。

けれど、誠治のモデルのように整った顔だちと上質なスーツ。上品で威厳のある雰囲気に気圧(けお)されたのか、一歩後ろに下がり「そんなバカな」と呟いた。

美玲は美玲で、誠治のプロポーズという言葉に驚きを隠せない。

確かにそれらしいことを言われたけれど、あれは三年前のことだ。今更、どうしてその話をするのかと思うものの、三筋を断るにはいい口実になる。

「あの、三筋さん」

誠治の後ろに立っていた美玲は顔を出し、隣に立った。言うべきことは、きちんと言わないといけない。

「ごめんなさい、私は今後、三筋さんとプライベートでお会いすることはできません。プライベート・レッスンも、担当を降りたいと思います。三筋さんの迷惑にならないように、次の先生が気に入らなければ無料でキャンセルできるようにさせていただきます」

美玲は手をお腹の前で組みながら、必死になって声を絞り出した。もう、これ以上彼と付き合うことはできない。

「美玲、俺は君のことが……！」

三筋はなおも美玲に手を伸ばそうとしたけれど、その腕を誠治が掴み、三筋の動きを封じた。

「失礼だが、三筋さん。林先生が送ったメッセージを読んでいただけたでしょうか？」

誠治の声に反応した三筋は、ビクッと肩を震わせる。「なぜ、それを……」と口ごもると同時に、伸ばしていた腕を元に戻す。

「どうしてあんたがそれを知っているんだ」

「林先生は僕の知り合いなので。先生の出した条件を読まれましたか？」

どうやら先週、名刺交換をしたのをきっかけに、何かやりとりがあったようだ。誠治の言うところの『条件』が気になるけれど、それを聞ける雰囲気ではない。

三筋は額に汗をかきはじめ、ハンカチで顔を拭き出した。緊張すると、すぐに汗をかいてしまうと話していたことを思い出す。

「わかりました。あの、俺は美玲を困らせたいわけではないから……今日はこれで失礼します」

「三筋さん、美玲先生への返事は？」

「あ、ああ。……その、付き合いを解消しよう。一三条さん、これでいいか？」

三筋はどこか投げやりな言葉を口にした。それも何故か、誠治に向かって言っている。

「いいだろう。今後は彼女に近づかないように」

「……わかった」

三筋はサッと身体の向きを変えると、鞄を持って出口の方へ向かって小走りに去っていく。

彼のことだから、もっと粘られるかと思っていた。姿が見えなくなった途端、緊張がとけて身体の力が抜けてしまう。

「大丈夫？　美玲……少し、顔色が悪いけれど」

「あ、うん。こんなこと言うの、初めてだったから緊張したけど、でももう大丈夫。あれだけハッキリ言えば、つきまとわれることもないと思うし」

大きな肩の荷が下りたように、美玲はホッと胸を撫で下ろす。

「だが、油断しないでほしい。何かあれば、教えてくれないか？」

「でも、迷惑をおかけするわけにはいきません」

戸惑いながらも誠治が三筋とやり取りをしていた件が気にかかる。

けれど、今はそれよりも無事に別れることができた安心感の方が大きい。ほう、と短く息を吐くと傍にいる誠治が声をかけてきた。

「大丈夫なら、一緒に食事に行かないか？」

「食事ですか？」

急に誘われても、今さら誠治と何を話せばいいのかわからない。けれど、助けてもらったことも事実だ。

「レッスン中は、込み入ったことも話せないだろう？」

穏やかであっても否と言わせない雰囲気を感じてしまう。でもその一方で、美玲も同じことを考えていた。

——やっぱり、話をしないといけないよね……

三年前の自分に区切りをつけるためにも、いい機会だろう。誠治もきっと、自分と話ができれば三年前のわだかまりも解けるかもしれない。

美玲はコクンと小さく頷いた。

「でも、その前にちょっとスクールに顔を出してきます」

三筋のことは、マネージャーに早めに報告した方がいいだろう。そう判断した美玲は、誠治に「少し待っていてもらえますか？」と確認する。

「もちろん、大丈夫だよ」

晴れやかな笑顔を向けた誠治を見て、美玲の心臓がトクンと高鳴る。今、別れ話をしたばかりなのに——と思いながらも、自分の気持ちをコントロールできない。

——どうしよう、頷いちゃったけど……今さら、昔のことを掘り返すのも意味ないよね、子どもがいるんだから。

誠治と二人で話すのは、以前は嬉しかったけれど、今は複雑な気持ちになる。知らなかったとはいえ、隠し子がいた男性とまたどうこうするつもりはないのに。

事務所に戻った美玲は、三筋の件についてメールを手早く書いてマネージャーに送る。ペナルティがあるかもしれないが、それでも三筋とは別れて正解だと思う。

語学スクールの出口を出たところで、コートを着た誠治がエレベーターホールに立っていた。すらりとした立ち姿は、まるでモデルのように美しい。

「一三条さん、すみません。お待たせしました」

「いや、大丈夫だよ」

美玲は仕事姿とあって、白のクロップドパンツにベージュ色のVネックのセーターを着ている。アクセサリーを揃える余裕もないから、何もつけていない。

春が近いと思って、今日は薄手のコートしか持ってきていなかった。もし帰りが遅くなると、寒くなるかもしれない。

誠治は美玲の隣に立つと、先にエレベーターに乗りエスコートするように彼女を待つ。降りる時も扉を止め、先に行くようにと気を配ってくれた。

——相変わらず、紳士だなぁ……

不思議なことに、今自分の隣には誠治がいる。美玲はもう一度自分に気合を入れるように息を吸い込んだ。

「ところで誠治さん、どこに行きますか？」

つい気安くなって、美玲は彼を名前で呼んでしまう。生徒として、距離を間違えないようにしようと思っていたのに。

「あっ、ごめんなさい。つい、以前のような気分になってしまって」

「いや、いい。名前で呼んでくれるなら、その方が嬉しい」

誠治は言葉通り顔をほころばせる。

「行こう、お店は予約したから」

「え、もう？」

「和食だけど、いいかな」

「……はい」

返事をした途端、誠治は美玲をエスコートして歩いていく。大通り沿いに出るとタクシーを捕まえ、知らない店の名前を伝える。

車に乗ると、気になっていたことを誠治に聞いた。

「さっき、三筋さんには何を話していたの？　メッセージとか、条件とか言っていたけど」

「ああ、君が気にすることはないよ。それより、今から行く店は懐石料理が美味しいんだ」

誠治ははぐらかすように話題を変えた。こうなると、いくら聞いても誠治は教えてくれないことは、以前の付き合いの中で知っている。

二人を乗せたタクシーは、夕暮れ時の街を走っていった。


――ここ、以前来たところだ。

誠治が連れてきたのは、「菊花庵」という一流の日本料亭だった。美玲にとっては、あまりいい思い出のない場所だけれど、誠治は何か意図があるのかスタスタと歩いていく。

「すみません、女将はいますか？」

「はい、ただいま」

玄関先で案内をする仲居に声をかけると、奥の方から和装の女性が姿を現した。

確かあの日も、部屋に案内してくれた女性だ。仲居と思っていたけれど、どうやらこの店を取りしきる女将(おかみ)のようだ。

「一三条様、ようこそお越しくださいました。誠にありがとうございます」

「女将(おかみ)に確認したいことがある。こちらは橋渡さんといって、三年前に母が連れてきたと思うが、記憶にあるかな」

「まぁ、奥様とご一緒された……はい、覚えています。お美しい方でしたので、記憶に残っております」

女将(おかみ)はにっこりと微笑みながら答えた。

三年前に一度だけ来た客なのに、覚えているなんて。さすがに一流料亭の女将は違う。

誠治は「やはりそうか、ありがとう」と返事をする。「では、お部屋にご案内させていただきます」と女将(おかみ)は二人を奥の方へと連れていった。

襖(ふすま)を開けると、部屋の外にある庭一面に咲く夜桜が目に入る。掘りごたつ式の部屋に案内され、美玲は誠治の向かい側に座った。

「すまない、君に何も言わずにここへ連れてきてしまって」

「いえ、もしかしてお母様から何か聞かれたのですか？」

その質問に「ああ」と答えると、誠治は黒光りする卓上に手をついて頭を下げた。

「美玲、本当に申し訳ない。僕は三年前、君に乱暴なことをしてしまった。レイプと言われても、仕方がない真似をした。そのことを謝りたいと、ずっと思っていたんだ」

「誠治さん！　頭を上げて、お願い」

それでも誠治は、頭がぶつかりそうなほどに卓に近づける。

「お願いします、そんな風に謝ることを誠治さんはしていません」

「……僕を、許してくれるのか？」

「許すも何も……私も自分で判断して、ホテルの部屋に入りました。それに、誠治さんは最後までしないで、止めてくれました」

すっと頭を上げた彼は、目尻にたまった雫を指で拭き取った。

生真面目な誠治にとって、あの行為はずっと心にかかっていたのだろう。美玲はそれほど気にしていなかったけれど、真摯に謝ってくれたことは嬉しかった。

「お願い、ここからは普通にして」

「……わかった。美玲も、以前と同じにしてほしい」

その言葉にうん、と頷いたところで仲居が戸を叩く。あまりのタイミングに、美玲は思わずビクリと身体を揺らしてしまう。

「失礼します、お飲み物をお持ちしました」

「ありがとう、そこに置いてくれれば、後はこちらでするよ」

「はい、ではお料理をお持ちしてもよろしいでしょうか」

「いや……話が終わったら呼ぶから、それまでは控えてほしい」

「わかりました」

こうした店では、客の話が聞こえてしまわないように人払いができるようだ。誠治は仲居がいなくなると、再び美玲に向き合った。

「母が、君をここに連れてきたことに、もっと早く気がつくべきだった。本当にすまない」

「もう、謝らないで。私も誠治さんを信じて頼れば良かったのに、婚約者がいると聞いたから。その方とは結婚されてないの？」

「え？　婚約者？」

「……そうよ、お義母様がおっしゃっていたわ。清香さんという、幼馴染の婚約者がいるって。その方も同席されていたの」

清香の名前を出した途端、誠治が奥歯をギリ、と噛みしめて顔をしかめる。

そのただならぬ様子に、美玲は自分が何か勘違いしていたことを悟る。

「誠治さん？」

「美玲。すまないが母がここで君に伝えたことを教えてほしい。もしかすると、僕が把握していないこともあるかもしれない」

「それは……」

全てとなると、子どものことも、母の借金のことも伝えないといけない。

美玲はコクリと喉を鳴らした。

まだ話すのは辛いけれど、いい機会かもしれない。誠治の方から近づいてきたからには、何か意図があるのだろう。美玲は三年前のことを話そうと、静かに口を開いた。

「清香さんは、子どもを産んだと言われていたわ。……誠治さんとの、子どもだって」

「そんなことを……！　あいつは、君にもそんなことを言ったのか！」

誠治は懸命に怒りを抑えていた。口元を震わせ拳を握りしめている。

「でも私、三年前に出張でフランスにいるはずの誠治さんを見かけました」

「……見かけたって、どこで？」

「郊外にあるショッピングモールです。誠治さんは、二歳くらいの小さな子と、清香さんと一緒にいました」

そこまで一気に伝えると、誠治は口を引き締め表情を硬くした。美玲も握りしめる手の中に汗をかく。

「その子は……あなたの子どもですか？　とても、よく似ていました」

「……」

誠治は何も言い返すことなく、鋭い眼差しでじっと美玲を見つめている。沈黙が二人の間に落ちた。けれどよく見ると誠治は肩を小刻みに震わせ、激しい感情を抑えるようにしている。そして怒りを滲(にじ)ませながら低い声を出した。

「だから君は、僕と別れようとしたのか」

「……ええ、お義母様からも頼まれたの。誠治さんが子どもを認知していないから、口を出さないでほしいって」

「それで君は、納得したのか？」

納得も何も、そうするしか選択肢はなかった。当時の自分には、母親の作った借金があったからなおさらだ。

「お義母様は、私の母の借金を肩代わりしてくれたの。あなたと別れることへの慰謝料だって言われて。私——断れなかった」

母の海鈴のこと、借金のこと。当時の自分は追い詰められた子ウサギのように、震えることしかできなかった。

それらをかいつまんで伝えると、誠治は悔しそうに眉根を寄せ、ぎゅっと口を一文字に結んだ。

「すまない、美玲。僕は何も気がついていなかった。君にそんな事情があるとは思いもせず、嫌われたとばかり思っていた」

さらに手紙を貰った三年前。

美玲は空港に行き、誠治と清香が一緒にいたところを見たと伝える。すると「そんなタイミングで……」と悔しそうに拳を握りしめた。

「説明するよ」

誠治は一言発すると、コップに注がれていた水を一気に飲み干した。

「誤解しないで、聞いてほしい。あの子は僕の子どもではない」

「違うの？　でも、あんなにも似ていたのに」

そこまで伝えた誠治は覚悟するように拳を握る。

「美玲は母から、僕の父のことを聞いているね？」

「……ええ。前に官房長官をされていた方だって」

そのことと子どものことが、関係しているのだろうか。美玲は気持ちが落ち着かなくなる。それでも誠治は顔をしかめながら説明をはじめた。

「あの子は、父の子なんだ。一三条歴史の、今の文部科学大臣の子で間違いない。母親は御小路清香、父の私設秘書をしていた……母が勝手に僕の婚約者と決めていた女だ」

「えっ？　お父様の？　本当に？」

「……恥ずかしながら、本当なんだ」

誠治の父の子どもであれば、異母兄弟となる。顔が似ていても、当然だろう。

「その事実を探るために、清香に近づいた。美玲を騙すようなことになって、本当にすまない。絶対に外に漏らせなくて、確実なことがわかるまで君にも話せないでいた」

誠治は清香の説明をするために、幼少時にまでさかのぼって語りはじめた。

「とにかく、彼女は昔から一三条家に異様に執着していた。今で言うと、サイコパスがわかりやすいのかな。一種の人格破綻者だと思う」

清香の父親は一三条歴史の支援者の一人で、幼い頃から家に出入りする人物だった。

私立小学校でも一緒になり、気がついた時には彼女が婚約者であると思われていた。

「中高生の頃、女性に言い寄られて困っていたから、清香を利用して女除けにしていた。彼女にもこれが嘘の関係だと説明していたが……どうやら、納得してなかったようだ。母も清香の家柄に惹かれて、いつの間にか彼女が僕の婚約者だと言うようになった。僕は肯定もしなかったが、面倒で否定もしなかったんだ」

すまない、と項垂れるように頭を下げた誠治に、美玲は「それで？」と先を促した。

「成人する頃には、さすがにマズいと思って何度も清香に伝えたんだ。君と結婚することはない、君と僕はただの幼馴染だと」

「でも、納得しなかったのね」

「ああ。実は僕が大学生の頃に一時期交際した女性がいた。けど……清香が脅すと、すぐに彼女の方から別れると言ってきた」

別れ際に、その女性は正直に御小路清香にされたことを話してくれた。脅しに屈するのは悔しいけれど、それ以上に家族が大切だからお別れしたいと。

誠治にしてみても、驚くと共に清香の恐ろしさが身に染みた。

政治家を志してほしいと言う彼女から距離を取るために、外交官になろうと決め、清香の嫌がるであろうアフリカを目指した。

「きっかけは彼女だったけど、外交官になったことは本当に良かったと思う。今は誇りを持っているしね。アフリカも中東も、面白くて他にはない魅力がある。天職だと思うよ」

だから全て悪いことばかりというわけでもなかったが、下手に刺激をすると清香が暴走することを知った。

「初めて行った赴任地は内戦状態になるし、さすがに清香も僕についてくるのは難しいと悟ったらしい。僕は政治家になるつもりもないし、外交官を辞めるつもりもない。アフリカから帰国したあの頃、母から清香が僕の子を産んだから責任を取って結婚しなさい、と言われた。僕は清香とそんな関係ではなかったけれど、否定してもすぐに信じてもらえなかった」

子どもの写真を見ると、自分とよく似ている。父の子に違いないと思ったものの、なんの証拠もなく、母に伝えるのは忍びない。だから……

「彼女の口を割らせるしかないと思ったんだ。もちろん、DNA鑑定はするにしても極秘でしないといけない。その前に清香から聞き出そうと思って、彼女の指定する場所に行った」

「それが、あのショッピングモールだったの？」

「ああ、あんな人目のあるところは避けたかったけれど、清香の希望だったからね。彼女を拗ねさせると聞き出せなくなるから、わざと優しく接していたんだ」

その時の苦労の甲斐もあり、誠治は清香から「子どもは歴史の子」だと言質を取った。同時に子どもの髪の毛を採取して、DNA鑑定に持ち込んだ。

父の子だと結果が出たところで頼子にも伝えると、どうやら彼女も薄々気がついていたらしい。

誠治が激しく否定していたし、夫である歴史は過去にも女性問題を起こしたことがある。

「本当に、ひどい母親だよ。自分の妻としての地位が脅かされるからって、息子に尻ぬぐいをさせようとするんだからね……まったく、俺の人生をなんだと思っているんだ。それで三年前の空港で清香と会った時は、諦めるから最後に話がしたいと言われたんだ」

その時、清香から美玲の存在を知っていると聞き、誠治は恐れを抱いた。その時の様子から、清香が素直に自分のことを諦めるとも思えない。

誠治が中東にいる間に美玲を脅されても困ると思い、三年間は距離を置くことしかできなかった、と。

「それがなければ、美玲には手紙を送るとか考えたけれど……嗅ぎつけられると厄介だと思っていた。あの時の別れに納得していなかったけれど、君を追いかけることができなかった」

「っ、そうだったの……」

そんな事情が裏側にあるとは思いもしなかった。

けれど生まれてきた子どもに罪はない。

これからは父が考えることであって、自分はこの問題には関係ないと、誠治は両親に伝えたという。

「そんなことがあったのね……大臣だからって、立派な人だと思っていたのに」

「立派でもなんでもないよ。父親をあまり悪く言いたくはないけれど。僕が政治家を目指さないことからも、わかってほしい」

そうなの、と美玲は呟いた。

「だから君には、父親が政治家だと伝えていなかった。それにこれまで、家のことを知った途端に目の色を変える人が多くて。美玲はそうじゃないと信じていたけど、言いにくかったんだ。申し訳ない」

「ううん、私もお母さんのこと、誠治さんに伝えていなかったから」

互いに謝りあい、顔を上げたところで美玲は誠治に疑問をぶつけた。

「……でも清香さんはなんで、お父様と……その……」

「なんで父と寝たかって？　彼女は僕でなくても、一三条の男なら誰でも良かったんだよ」

テレビで見た一三条歴史は彼によく似ている。髪の毛に白い筋が入るが、とても凛々しくて年齢を感じさせない。いわゆる『イケオジ政治家』としても有名な人だ。

誠治に相手にされなくて、身近にいる男性に惹かれたのかもしれない。私設秘書として近くにいて魅力を感じたのだろう。

「子どもは今、どうしているの？　もう、大きいよね」

「ああ、結局父が認知して、今は母と一緒に育てている。清香は自分で育てることを放棄したらしい」

「えっ、そうなの？」

清香は歴史の子どもを身ごもったが、スキャンダルを嫌う彼とは結婚できない。そこでどうやら、誠治の子どもだと言い張り結婚しようと企んだ。誠治であれば、同情してくれると思ったのだろう。だが、誠治の態度は頑なで思うように進まない。イラついた清香はついに子どもの世話をしなくなり、頼子が引き取ったという。

あまりの展開に、どう言葉をかけたらいいのかわからない。戸惑いながらも、彼はとても重大な事実を明かしてくれた。そのことはきちんと受け止めたい。

「言いにくいことを教えてくれて、ありがとう」

「でも君は……僕の子だと聞かされ、裏切られたと思ったよね」

誠治は申し訳なさそうに眉尻を下げた。

彼がこれほどまでに弱々しい顔を見せるのは珍しい。それだけ、身内のスキャンダルを受け入れがたかったのだろう、彼はもう一度頭を下げた。

「美玲、本当にすまなかった。この年でまさか異母兄弟ができるなんて……ほんと、情けない」

彼から聞く話は、まるでドラマのようで実感がない。三年前に彼のことを諦めたのに、真実は違っていたなんて気持ちが追い付かない。

呆然としている美玲に、誠治は顔を上げて仕切り直すように口を開いた。

「それから、君のお母さんのことだけど」

誠治は三年前に一度だけ海鈴に会っている。美玲のアパートを訪れた時に、当時部屋に住んでいた母が対応していた。

「その、正直なところかなり奔放な方なのかな、という印象がある。けれど、それと美玲のことは関係ない。借金にしても、君は保証人ですらなかったのだろう？」

「ええ」

「だったら、君に法的な返済義務はない。もちろん、社会的にはあるかもしれないが、君が無理してまで背負うものではない」

「で、でもっ」

ずっと疑問に思っていた。母の借金をどこまで自分が払わなければいけないのか。生活を切り詰めてまですることなのか。

誠治の言葉で、美玲は救われたように心が軽くなる。

「美玲。母も一つだけいいことをしたと思う。君のお母さんの借金を立て替えたことだけは良かった。君の言った業者は、指定がついている団体が裏にいるから、あのまま借金を抱え続けていたとしたら……考えるのも恐ろしいよ」

「清香さんは、人身売買をしている団体だって教えてくれたわ。それをお義母様が立て替えてくれたから、申し訳なくて。当時は、お義母様の言う通りにしないとまた、あの借金取りが来るのかと思うと……怖かったの」

「美玲……すまない、君が大変な時に支えることができなくて」

誠治は悲痛な顔をして口を引き締める。三年前にこうして話すことができていれば、こんなにもすれ違うことはなかったかもしれない。

「もういいの、助けてもらったのは確かだから。お義母様に少しでも返せるように、今も頑張って貯めているの。まだしばらくかかるけど、いつかきちんとお返ししたいと思っています」

「それは、母が君にそう望んだのか？」

「違います！　お義母様は、私が誠治さんと別れるための慰謝料だと言っていました。でも、それだと私の気が済まなくて」

「美玲」

「だって、どのみち私のような人と結婚するなんて、外務省が許さないのでしょう？　将来の大使夫人になる女性は、調べられるって聞いたから」

「そんなバカな！　どうして僕の結婚相手のことに外務省が口を出すんだ？　それこそ人権侵害だよ」

「……そうなの？　だって、お義母様にそう言われて、てっきりそうなのかと思って」

誠治は額を手で押さえると、はぁ、と長く息を吐いた。

「それが、僕との結婚を断った本当の理由？　将来の日本大使の奥さんは、清香のような女性がふさわしいと思って身を引いたとか」

「……だって、私は半分フランス人だから……日本大使の妻には、ふさわしくないと思って」

「僕が選んだ人が一番僕にふさわしい。美玲、僕が選んだのは君であって清香ではない。あいつは、そんな女じゃないんだ」

「彼女でなくても、日本人らしい人の方がいいのかなって」

「違う。そんなことは関係ない。僕がこれまで結婚したいと思ったのは、美玲、君だけだ」

誠治はまっすぐな瞳で美玲を見つめた。彼の真剣な想いが言葉になって美玲の寂しかった心に届く。

もう、涙を我慢することはできなかった。堰（せき）を切ったように涙が溢れ、美玲の目の前が涙で歪（ゆが）んでしまう。

「わっ、わたしっ……誠治さんのこと……っ、諦めないと、いけないと……思ってっ」

「美玲、諦めないでくれ」

誠治は座卓を回り込んで美玲の隣に来ると、震える肩をそっと抱き寄せる。差し出されたハンカチを受け取り、美玲は目を押さえて涙を拭いた。

それでも、次から次へと雫が流れていく。まるで美玲の心の底に沈んでいた澱（おり）を洗い流すように。

三年間が無駄であったとは思いたくない。けれど……もっと早く、誠治と話をしていれば誤解を解けたのに。

誠治は美玲が泣いている間、ずっと隣に座り肩を寄せていた。彼の熱に温められ、美玲の凍った心が少しずつ溶けていく。

ようやく涙が止まり、美玲は顔を上げて彼を見つめた。

「誠治さん……誤解していたの……本当に、ごめんなさい」

「いや、君が僕と別れることを選んだと思って、乱暴に扱ってしまった僕はもっと悪い。そのことをずっと申し訳ないと思って、君に会う勇気がなかった。でも、母と話していて気がついたんだ。母が君に接触したことをね。だから、おかしいと思って調べて良かったよ」

誠治は美玲の両肩を持つと、真剣な目を向けた。

「三年経っても、やっぱり君が恋しかった。諦めたくなかったんだ、美玲を」

「誠治さん」

「もう一度、やり直せないか？　最初から、少しずつ」

もう、間違えたくはない。諦められなかったのは、美玲も同じだ。涙はまだ頬に筋を残している。

「でも、私……三筋さんと別れたばかりなのに」

「だから、弱った君の心の支えになりたいんだ。周囲には僕を悪者にしてくれればいい。君が罪悪感を持つ必要はない」

「誠治さん」

「今すぐに、答えを出さなくてもいい。今日は驚くことばかりだったと思うし……これからも、こうして時々、一緒に食事をしてくれないか？　一人で食べるのは味気なくて」

強く迫ることなく、誠治は優しく語りかける。食事を共にするだけなら……否とは言えない。「ええ」と答え、美玲は頷いた。

「よし、だったらまずは、ここの料理を食べよう。日本料理に飢えていたから、楽しみなんだ」

誠治は朗らかに言うと、仲居を呼ぶために立ち上がる。

美玲を気遣ったのか、廊下につながる襖を開き、「しばらくしてから戻るよ」と言って出ていった。

部屋に一人になった美玲は、目元を押さえていたハンカチを膝の上に置いた。

庭の方に目を向けると、ライトアップされた新緑が青々とし、鹿威しは同じリズムでカコンと鳴っている。

前回来た時は、お茶を飲むことすら躊躇われた。正直なところ、今から食事をする気力はあまりない。

けれど、長い間日本を離れていた誠治にとって、懐石料理は懐かしいだろう。一人で食べるよりは、二人で食べた方が美味しく感じるに違いない。

「いいのかな……」

やり直したいと言われ、心が揺らいでいる。それでも、三年間ずっと諦めようとしてきたから、すぐに答えることもできない。でも。

——食事するだけなら、できるかな……

今日、一緒に食事をしてから考えてみよう。美玲は顔を上げると、ほうと息を吐く。そのタイミングで誠治が戻った。

黒檀（こくたん）の大きな座卓には盆にのった瓶ビールが置かれている。誠治は慣れた手つきでグラスに注ぐと、美玲に差し出した。

「乾杯しようか」

「ええ」

すると少しだけ口角を上げてはにかんだ誠治は、グラスを持ち上げて「乾杯」と短く言葉を発した。美玲もグラスを上げてから口に運ぶ。

思っていた以上に緊張していたのか、喉がカラカラに渇いていたようだ。冷たい炭酸が喉を通り、渇きを潤（うるお）していく。

「やっぱり、仕事が終わった後のビールは美味しいですね」

雰囲気を変えるように明るく言った美玲を見て、誠治はホッとしたように目尻を下げる。

「失礼します。まずは本日のお品書きを説明しますね」

にこやかな笑顔で部屋に来た仲居が説明をはじめる。二人は共に日本料理を味わうのだった。


時折、食事をするといっても、一緒にいられる機会は思っていたより少なかった。

誠治はアラビア語が堪能（たんのう）なことから、今は国連担当部門に一時的に異動しているという。そのため、ニューヨークの時間に合わせて仕事をすることが多く、深夜遅くまで働いていた。

美玲もお金を貯めるために、家庭教師は減らしていない。目標額まであとちょっとだから、これだけは自分でけじめをつけたかった。

食事代は少しだけ揉めたけど、誠治が自分で払うと言って聞かないので諦めてごちそうになっている。

かつては美玲のアパートで自炊したものを食べたけれど、今の誠治は以前の乱暴な行為を反省しているのか、常に紳士で美玲の部屋に入ることはなかった。

外食続きだという彼のためにも、手作りの食事を振る舞いたい気持ちもある。でも、彼女でもないのにそこまでするのも気が引けてしまう。

「それじゃ、おやすみ。美玲」

「うん」

誠治は夕食を取った帰り道、美玲の住むアパートの前に着くと足を止めた。隣にいた温(ぬく)もりが離れていき、寂しさが押し寄せる。

思わず上目遣いで見つめると、誠治は少しだけ困ったように眉間に皺を寄せた。

「こら、そんな顔をしない」

「誠治さん」

彼は腕を伸ばし、美玲の頭をゆっくりと撫でる。かつてはこの手で愛撫してくれたのに。こうしていると、あの時の感触がよみがえり美玲はお腹の奥に疼(うず)きを感じた。

以前のような深い触れ合いのないことが、少しだけもどかしい。

大きな手のひらが後頭部に回ると、一瞬動きを止める。三年前なら、このまま抱き寄せられてキスをしたのに——

「……おやすみ、美玲」

誠治はスッと手を離した。そして美玲に部屋へ行くようにと目で合図する。

「はい、おやすみなさい」

身体の向きを変え、階段を上（のぼ）っていく。美玲は誠治との食事が終わるたびに、ため息を吐いていた。


週末になり、誠治のプライベート・レッスンの日となった。三筋の方はキャンセルの手続きを取ったので、もう顔を見ることもない。美玲はホッとすると同時に、誠治とのレッスンを待ちわびるようになっていた。

一緒に料亭に行った日から、時折彼からのメッセージを受け取っている。何気ない一言で、頻繁（ひんぱん）に届くわけでもない。友達以上、恋人未満のような関係にあって、美玲は少しずつ彼に心を傾けるようになっていた。

「美玲、今日はなんかちょっと違う？　メイク変えた？」

「え、あ……うん。口紅とか、変えてみたの」

これまでは派手な顔になるのが嫌で、さっぱりしたメイクを心がけていた。けれど誠治は、この前の食事の時に目鼻立ちのくっきりした顔も好きだと言っていた。

海外生活が長いため、少しばかり感覚が人と違うのかもしれない。

「凄く似合ってる。元々の顔のつくりが綺麗だから、しっかりとメイクすると見違えるね」

「そんなこと言っても、何も出ないよ？」

美玲の雰囲気が変わったことは一目瞭然だった。他の生徒たちからも「先生、何かいいことがあった？」と聞かれる始末だ。

そうしていると、誠治が入口の自動ドアから入ってくる。相変わらず知的なスーツ姿で、トレンチコートを肩にかけていた。手元には四角い袋を持っている。

「こんにちは、一三条さん。今日の部屋は奥になります。今日も頑張ってくださいね」

「ああ、ありがとう」

美玲を見つめた途端、ふっと蕩けるような笑顔を見せる。入ってきた時の緊張感のある顔とのあまりの違いに、近くにいた美玲もドキドキしてしまう。

「一三条さん、すぐに行きますので、部屋でお待ちくださいね」

「その前に、これ。美玲先生に」

「え？　あの、これ……？」

誠治が用意していたのは、小さな花のブーケだった。黄色と白の花々がまとめられている。駅前でよく見かける花屋チェーンのロゴのついた、おしゃれな袋に入っていた。

「ここに来る途中の駅で見かけて。これならすぐに飾れるかな、と思って」

「そ、そうですね。でも、どうしよう」

いきなり花を持ってこられても、スクールには規則がある。受け取っていいものか逡巡していると、ちなつが助けるように声をかけた。

「一三条さん、講師への個人的な贈り物はダメですよ」

「そうだった？　それはしまったなぁ」

「でもお花でしたら、受付に置かせていただくことはできますよ？」

「ああ、だったらそうしてほしい。ここなら美玲先生も、毎日見られるよね」

ふっと誠治が振り返って美玲を見つめた。その視線の強さに、トクリと心臓が跳ねる。彼はいつでも視線だけで、美玲の心を掴んでしまう。

「はい、そうですね」

「では一三条さん、ここに飾らせていただきますね？」

「ああ、ありがとう」

ちなつは何かに気がついたのか、口の端を上げた。まさか花を贈られるとは思っていなかった美玲は、顔が赤くならないように気をつけるので精いっぱいだった。


プライベートとはいえ、レッスン中はフランス語で会話をし、間違いを正していく。誠治のフランス語は完璧なようでいて、イディオムの使い方や発音に多少の弱点もある。それらを指摘していると、あっという間に時間が過ぎていった。

『今日のレッスンはここまでです。お疲れ様でした』

『美玲先生、今日この後は？』

『このレッスンが最後です』

『だったら、下のロビーで待っていてもいいかな』

『……はい』

誠治は立ち上がると扉を開け、美玲が部屋から出た後で外に出る。

レディーファーストの仕草が身についているのか、全てがスマートだ。傍を通り過ぎる時、彼の身につける清涼感のある香りが鼻に届く。

——あ、香りは変えてないのね。

かつて裸で抱きあった時、この匂いに包まれていた。香りは記憶を呼び覚ます効果があると聞いたけれど、今の美玲にはてきめんだった。

つい彼の吐精の際の呻き声まで思い出してしまい、一気に頬が熱くなる。美玲は顔を上げることができなくなった。

これからデートだというのに、今からこんな調子だと先が思いやられてしまう。

美玲は自分のデスクに行くと、資料を置いて報告書を簡単に記入した。明日のクラスの準備はもう終わらせてあるから、すぐにスクールを出られるだろう。

化粧室に立ち寄るとポーチを取り出し、サッと口紅を引き直した。彼の前では、少しでも可愛くしていたい。

「ちなつ、また明日ね！」

慌ただしく受付を通り過ぎると、後ろから生温かい視線を感じる。きっと明日、ちなつにいろいろ聞かれることを覚悟しながら、エレベーターに乗り込んだ。

一階に降りると、誠治はロビーに置かれたイスに座って本を読んでいる。静謐(せいひつ)な佇(たたず)まいをした彼は、周囲の空気さえ清くしているようだ。

「誠治さん、お待たせしました」

声をかけるとパッと顔を上げ、美玲の姿を目に留めた途端、弾けるように破顔する。

「こんなに早く終わって、大丈夫だった？」

「ええ、今日はもう明日のレッスンの準備は終わっているから」

「そう、それなら良かった」

誠治は嬉しそうに顔をほころばせ、美玲の横に立った。以前はすぐに手をつないだけれど、今はまだそこまでの関係ではない。お互いにかつてと違う距離に、苦笑してしまう。

「今日は六本木のレストランを予約してあるよ」

「六本木？」

「そう。ほら、初めて二人で食事したところ」

美玲は思わず「あっ」と声を上げた。誠治から交際を申し込まれた、思い出深いレストランだ。

「あそこですか？」

「そう、嫌なら別のところでも構わないけど」

誠治にしてみれば、またあそこから再スタートしたいのだろう。思惑が透けて見えるけれど、美玲はそれが嫌ではなかった。むしろ、嬉しいと感じる。

――うん、私も素直になろう……

このところ、ずっと考えてきたことだった。

子どもの件は誤解とわかり、清香の正体についても教えてもらった。もう、なんのわだかまりもない、というわけではないけれど……

「あそこのレストランですね、懐かしいです」

微笑み返した美玲を見つめる誠治の瞳は柔らかい。けれど、その奥には消えることのない欲情の欠片(かけら)を宿していた。


レストラン階に一気に昇るエレベーターも、店の内装もさほど変わりがない。美術館も併設されているビルだから、展示内容のディスプレイが鮮やかに目に入ってくる。

「ここはあまり変わっていないですね」

「そうだね、僕も久しぶりに来たけれど、以前と同じで良かった」

都心にあるビル内のレストランの入れ替わりは激しい。三年も経つと、がらりと変わっていることもある。

けれどこのレストランは、東京タワーとスカイツリーと両方が見えるロケーションを生かしたディスプレイとあって、人気を保っていた。

「コース料理でいいかな」

「はい」

モダン・フレンチというだけあって、フランス産の野菜や魚介類をふんだんに取り入れている。

中には美玲にとって懐かしい一品もあった。

「あ、コンテチーズ。これ、フランスにいた頃はよく食べていました」

「僕もよく見かけたよ」

懐かしい硬さを楽しみながら口に含むと、豊潤な香りが広がっていく。熟成のしっかりと進んだチーズだった。

「美味しい。これ、フランスの味がします」

「そう？　それなら良かった」

普段は日本に馴染んでいるけれど、幼い頃に過ごしたフランスの記憶はふとした瞬間によみがえる。こうして懐かしいものを食べると、一気に気持ちが返っていくようだ。

「君はもっと、フランス文化に精通していることを、誇りに思ってもいいと思うよ」

「誇り？」

「そう。君はなんと言っても、二つも国籍を持っていたからね。ハーフじゃなくて、ダブル。外交的にはプラスになっても、マイナスになることなんてないよ」

「そうなの？」

彼は美玲が心のどこかで、フランス人の血を引け目に感じているのを見抜いていた。田舎(いなか)では派手な顔つきをしている美玲は浮いていたけれど、今では美人顔と言われている。

外交官の誠治に自分はふさわしくない、と思っていたが、それは間違いだったということがわかる。むしろ強みになると言われて、嬉しくなる。

穏やかな会話を楽しみながら食べる料理は、これまでになく美味しかった。誠治と向かいあっているだけで、味わいが深くなる。そんな風に思えるのは……

——やっぱり私は、誠治さんのことが好き。

美玲は自分の中にある気持ちを探り、ストンと沈み込むように納得した。一旦認めてしまえば、あとは行動するだけだった。


食事が終わった二人は、ビルの近くにある日本庭園まで降りていく。すると誠治は、あの時と同じように情熱を秘めた瞳で見つめてきた。

美玲は池のほとりに立ち、誠治に向かって手を差し伸べる。

「誠治さん、また、やり直してもいいですか?」

「これって……僕の思っている意味で、いいのかな」

「多分、そうです。あの、私と結婚を前提としたお付き合いをしてもらえますか?」

以前は誠治から提案された内容を、美玲は口にした。

今度は自分の気持ちに正直になろうと、交際を申し込んだのだ。すると誠治は、感極まったように両腕を広げ美玲を抱き寄せた。

「きゃっ」

「このっ……僕から言いたかったのに」

「だって、前回は誠治さんからだったから。今回は私が、伝えたかったの」

「美玲」

まだ散歩する人もいる中で、誠治は遠慮など忘れて美玲を抱きしめる。

「もっと、時間がかかると思っていたよ」

「うん、私……結論は同じだと思ったから」

「ありがとう。でも、プロポーズは僕にさせてほしい。……いいね？」

「はい」

自分から『結婚前提』と伝えておきながら、いざプロポーズされるかもとなると緊張する。前回は直前になって流れたから、本当にしてもらえるのか不安は残る。けれど、それを払拭するように誠治は決意を込めて囁いた。

「今度こそ、結婚しよう」

「……はい」

これではまるでプロポーズのようだ。すると同じことに気がついたのか、誠治は慌てて訂正しはじめる。

「あ、今のは違う、そうじゃなくて、正式なプロポーズはきちんとするから、これは予約だ。予約」

「ふふっ、そうなのね」

「指輪も用意するけど、好きなブランドはある？　あ、その前にサイズを教えてほしい。わからないなら、今から宝飾店に寄ろうか」

普段は冷静な顔をしている彼が、慌てふためいている。可愛い、なんて言ってはいけないのかもしれないけれど、親しみがぐっと高まる。

「誠治さん、まだお付き合いを再開したばかりだから……また今度、一緒に見に行きたいです」

「ああ、そうだね。まずは婚約指輪だな」

思わずクスッと笑ってしまう。交際を復活させただけなのに、一気に結婚まで気持ちが飛んでしまうなんて。

でも、それだけの関係が以前はあったのだから……美玲は納得すると、誠治の手を取って握りしめた。

「帰りは、手をつないでもいいですか？」

「……もちろんだよ」

誠治は指を絡め、恋人つなぎにする。二人の間にあった緊張感はすぐになくなり、空気が甘いものに変わっていた。

帰りは送るよ、と言われ「地下鉄で帰ろう」と誠治に伝える。タクシーばかりでなく、普通の恋人同士のように過ごしたい。

日本庭園の外に出ると、月が弓のように細くなっていた。コートが薄いせいなのか、ぶるりと震えてしまう。やっぱりタクシーが良かったのかな、と思ったところで誠治がトレンチコートを脱いで美玲の肩にかけた。

「僕は大丈夫だから」

「でも……誠治さんが寒くなっちゃう」

「だったら温めて、って言いたいところだけど。せっかくやり直すからね。もっと時間をかけよう」

誠治は腕を伸ばすと美玲の手を取り、指を絡め直す。地下鉄の駅までしばらく歩くけれど、つながれた手の温もりが心までも温かくする。

ゆっくりと歩きながら、これまでのことを伝えあう。誠治は中東の生活文化の制約が強い地域にいたらしく、行動制限もあり厳しい生活だったという。

「あの時、ついて来てと言ったけれど……正直、来なくて良かったとも思うよ。女性は特に制限が厳しくてね。外国人であっても、髪を出して外を歩くことはできない地域だから」

「……そうなんだ、でも一度は行ってみたいな」

「また機会はあると思うけどね」

誠治は将来のことは、焦らず考えようと言ってくれる。

「でも、美玲は忙しいみたいだけど……語学スクールの仕事がそんなに詰まっていた？」

「あ、それは……借金を早く返したくて、副業もしているの。今日はたまたまキャンセルが出て空いていたけど」

「副業って？」

「家庭教師よ。フランス人家庭の子どもに日本語を教えたり、昔フランスに住んでいたおばあ様とお話ししたり」

「そうか、でも美玲。無理をしていないか？」

「少しだけ。でも……こうなると早めに返済したいから、もっと仕事を増やさないといけないかなぁ」

頼子との約束を反故にして彼とまた交際する。慰謝料代わりに借金を返済してもらったのだから、どうにかしなくてはいけないだろう。

「ダメだ、それは断固反対。むしろ減らしてほしい。でないと……僕と会う時間が少なくなる」

さっきまで真面目な顔をしていたのに、誠治は不服そうに口をすぼめた。

「そうは言っても、約束を破ってしまったわけだし」

「三年前に一度、別れているだろう？　その慰謝料だから、もう終わった話だよ」

誠治はそう言うけれど、それでは美玲の気持ちが落ち着かない。海鈴のしたことだから余計に、そう思うのかもしれなかった。


ようやく美玲の自宅のアパートの前に来ると、離れがたくなり絡めた手を引いてしまう。

「誠治さん、明日も仕事なの？」

「いや、さすがに明日は休みだけど……美玲は？」

「午後から家庭教師の仕事があるくらい」

以前はよく誠治が訪れていた部屋だ。捨てきれなかった品も残っている。けれど、さすがに再交際したばかりで泊まってほしいとも言えなくて、美玲はトレンチコートの襟をギュッと握りしめた。

「今日は、部屋に上がるのは止めておくよ」

「誠治さん？」

ぐっと堪えるような顔をしながらも、つないでいない方の手で美玲の頬を撫でる。

「はじめからやり直し。だから……またデートに誘えるかな」

「は、はい」

顔を上げた美玲の顎を持ち上げ、「でも、キスだけは許してくれる？」と言った途端、ついばむような口づけを落としてくる。

チュッと最後に頬に唇を寄せると、「離れがたいな」と呟きつつも手をほどいた。今まで感じていた熱が離れて寂しくなる。

もう、ずっとこうしていたいのに――けれど生真面目なところも、誠治らしい。

「コート、ありがとう。誠治さんも、気をつけて帰ってね」

「ああ、今度の待ち合わせは、また連絡するよ」

「うん」

「ほら、もう部屋に帰って。入るまで、ここで見ているから」

「うん」

美玲は後ろ髪を引かれるように振り返りながら、アパートの外階段を上っていく。扉の鍵を開けて部屋に入る瞬間にも外を見ると、誠治が同じ場所に立って顔を上げていた。

――誠治さん、ありがとう。

ぱたんと扉を閉めるとすぐに、『鍵をかけたよ』とメッセージを送る。かつて、心配性な彼はいつも鍵のことを聞いていた。すぐに既読がつき、『しっかり休んで』と返事が来る。

その夜、再び交際がはじまったことが嬉しすぎて、美玲はなかなか寝付くことができなかった。

第六章

語学スクールの昼休みになると、いつものようにちなつとランチを取る。すると話題はどうしても恋愛となった。

「ね、三筋さんとは別れちゃったんでしょ？」

「うん、そうなの。強引すぎるところが合わなくて」

「そっかぁ、美玲にはいいかなーって思ったけど、押しが強すぎちゃったのかな」

ちなつは納得した様子で頷いている。三筋のことを知っているから、強気のアプローチを心配していたようだ。

「そうすると、結局どうなったの？　あのバリキャリ外交官の人」

「えっと、実はね。……またお付き合いしているの。これまで中東に赴任していたけど、東京勤務に戻ったみたいで」

ちなつには、以前別れた理由は海外赴任についていくのが怖かったから、と伝えている。

帰国した今、再び口説（くど）かれて交際していると話すと、ちなつはまたも納得したように頷いた。

「やっぱり、そうだと思った。一三条さんのこと、ずっと好きだったでしょ？」

「うん、そうなるのかな」

「でも彼、美玲のプライベート・レッスンは辞めちゃったね」

「生徒と先生の関係で、交際するのは良くないよね、って彼が言うから」

しかし、もし交際できなかったら美玲のプライベート・レッスンを受講して口説くつもりだった、と言われていた。そうなる前に素直になることができて、本当に良かったと思う。

「でも……三筋さんも辞めたのは、意外だったなぁ」

「仕方がないよ、プライドの高い人だったし」

あの後、三筋からは『仕事が忙しくなったので』という理由でレッスンのキャンセルが続き、先週とうとう、スクールを辞める連絡も届いたのだ。

ちなつの彼の話によると、フットサルの集まりにも顔を出さなくなったという。だから本当に仕事が理由かもしれない。

どちらにしても、誠治と向きあうことを選択した美玲はかえって気持ちが落ち着いた。恋愛が絡むと、どうしても教えるのが難しくなる。プライベート・レッスンとなると、殊更難しい。

「だからマネージャーに話して、当面プライベートの新規生徒は引き受けないことにしたの。また問題になると嫌だから」

「そうだよねぇ、これが美人税ってやつ?」

「もう、そんなことないよ」

ちなつと話していても、心が浮き立ってくる。今度ダブルデートしようと誘われたけれど、忙しい誠治とタイミングを合わせるのは難しい。

そうした誘いを上手にかわしていたある日、美玲は「夕食を一緒に食べよう」と誠治から呼び出された。

「悪いね、今夜はまだ仕事が終わらないけど、今の時間ならちょっと抜け出せたから」

「ううん、それはいいの。少しでも会えるのは嬉しいから」

今夜は十時を過ぎてからが本番だという。どうしても時差があるため、時間が不規則になりやすい。その代わり、時間休を取って外食に行くこともできる。

霞ヶ関(かすみがせき)駅近くのイタリアンレストランに入った二人は、パスタとピザを頼んでシェアすることにした。

さすがにワインを飲むのは控え、代わりに炭酸水をオーダーする。

「あのね、誠治さん。今度の週末だけど……家庭教師のキャンセルが出たから、土曜の午後から日曜日は休みになったんだ」

「そうなんだ、僕も仕事は入っていないよ」

「どこか、出かけてみる?」

珍しく二人の休日が重なった。それとなくお泊まりできることをアピールすると、誠治はゴクリと唾を飲む。

「だったら……また、あの宿に行こうか。二人で泊まった、あの温泉宿」

「あっ、う、うん」

頷きながら、あの宿は二人が初めて身体を重ねた場所であることを思い出す。やり直しというからには、そうなることを期待してもいいのだろうか。

思わず頬が赤く染まるのを見た誠治は、途端に上機嫌になった。

「部屋が空いているといいね」

「そうね」

「夏休みシーズン前だから大丈夫と思うけど、ダメだったら他の宿を予約しておくよ」

「う、うん」

いつもは別れた後にも仕事があると、どことなく不機嫌になるのに今夜は違っていた。

食事が終わり、支払いを済ませて出てきた誠治は美玲の手を握り、公園を通っていく道を選んで進んでいく。

「美玲、ちょっとこっちに来て」

木の陰へ招くと、誠治は周囲を見回した。誰もいないことを確認してから、美玲を引き寄せ唇を重ねる。

「んんっ、んっ」

性急に口づけられ、舌先で「開けて」とノックされた。誠治の肉厚な舌が入り込み、途端に濃厚なキスに変わる。再会してから、こんな風に求められることはなかった。

「あっ……っ、んっ……ぁ」

気持ちが乗った甘い声が漏れている。誠治の濁流のような欲を感じ、途端に胸が熱くなる。

「美玲、好きだ」

掠れた声で囁かれると、身体の芯が疼いてしまう。薄着になっていた胸が、彼の胸板に当たり先端がとがってくる。

美玲も想いを返そうとスーツを着た彼の背に腕を伸ばす。密着した身体は、互いの熱を感じ取ってしまう。

「だめだ、これ以上は……はぁ、美玲。続きは、週末でいいかな」

「うん、私も楽しみにしてる」

火照った顔を誠治の胸に埋めると、誠治が「待ちきれないな」と期待した声を零す。トクトクと高鳴る鼓動が落ち着かない。

「でも……美玲。君のここに、あいつは触れたのか？」

誠治は親指の腹で美玲の唇をなぞる。さっきまで甘かった声が、鋭くなっている。

「あいつって……三筋さんのこと？」

誠治は顔の表情を消し、うん、と小さく頷いた。三筋とはほんの少しの間とはいえ、付き合っていたのだから、キスをしたことがあると思ったのだろう。

「何も……三筋さんも、誰にも触れさせて、ないから」

離れていた三年間、誠治のことを吹っ切ることができずにいた。三筋とも短い間の交際だった。

「誠治さん以外、誰もこの身体に触れていないよ」

これまで何もなかったことを伝える。とてもではないけれど、美玲は遊びで一夜を過ごすこともできなかった。

「そうか……良かった」

誠治は抱きしめる腕の力を強め、美玲の耳元でホッと安堵の息を漏らす。

「ごめん。あいつが美玲に触れていたかと思うと、嫉妬でおかしくなりそうだった」

「嫉妬って、誠治さんが、私に？」

いつでも冷静でスマートな彼が嫉妬するなんて。思わず見上げると、誠治は意外だといった顔をしている。

「当たり前だろう。美玲はこんなにも綺麗で……可愛いんだから。でもこれからは、君に触れるのは僕だけにしてほしい」

独占欲を孕んだ声で、誠治が呟く。美玲が頬を染めながら「うん」と小さく答えると、すぐに彼の唇で塞がれる。

「美玲……美玲っ……好きだっ」

再び舌を絡めとられる勢いで、深く口づけられる。互いの熱を分かち合うように、美玲は誠治の腕の中に閉じ込められていた。

そして週末。三年ぶりの旅館は何も変わっていなかった。和風モダンの豪華な内装に、月をテーマにした絵などが飾られている。温泉旅館でありながらも、ホテルのような宿だから仲居が部屋に入ることはない。

誠治は荷物を下ろすと、美玲を「おいで」と呼び寄せた。部屋にある窓からは雄大な山の風景と、生垣で囲われた部屋付の露天風呂が見える。

「後で一緒に入ろう。前回は楽しむ余裕もなかったから」

「うん」

そうなるとは予想していたけれど、直接言われるとさすがに恥ずかしい。三年前と体形はそれほど変わっていないと思うものの、二十代後半の肌は以前とは違うかもしれない。

誠治は恥じらう美玲を甘く見つめていた。

「美玲、今夜は優しくする」

以前、乱暴に抱いたことを彼は悔やんでいた。美玲に「別れよう」と言われ、つなぎとめるために必死だった時の暴走を未だに気にしている。

「私は大丈夫だから……誠治さんの、好きにして?」

美玲が首をコテンと傾げて見上げると、誠治ははぁ、と顔を手で覆った。

「君は、本当に僕を煽(あお)る天才だね。でももう、乱暴にはしない」

熱を孕(はら)んだ目で見つめられた途端、美玲の身体にも情欲の火が灯る。

口づけを交わしつつ、寝台の上で二人はもどかしげに服を取り払っていく。美玲がその日着ていた薄桃色のワンピースを脱ぐと、その下につけていた同色のキャミソールが現れた。

「美玲、綺麗だ」

誠治もボクサーパンツを盛り上げながら、美玲の身体に触れてくる。身体の線を確認するように、大きな手でなぞった。

「この肌に、触れたかった」

甘く息を吐き、太ももの内側に触れ尻たぶを持ち上げる。吸いつく肌を堪能するように、誠治は至るところに触れていた。

キャミソールを脱がされると、ピンク色の煽情的な下着が現れる。これまでと違うセクシーな姿に、誠治は目を見開いた。

「なんてものを着ているんだ……」

「おかしかった？　誠治さんに、喜んでもらえるかと思って選んだけど」

せっかくやり直しているのだからと、思い切ってランジェリーショップに行き、透け感のある下着を選んだ。シックなピンクベージュのブラジャーには、レースがふんだんに使われている。同色のショーツは両サイドがひも状で、中央にはスリットが入り、そのまま挿入できるようになっていた。

「美玲、まったく君は」

「いやらしすぎちゃった？」

生真面目な誠治のことだから、引いたのかもしれない。

久しぶりすぎて、自分の感覚がおかしかったのかと不安になる。けれど、耳元を赤くした誠治は白いシーツの上に座る美玲を凝視している。

「いや、感動している。美玲が綺麗で、可愛くて……ごめん、言葉が出ない」

「あとね、このブラはここにこうして挟むと、気持ちいいんだって」

美玲は両脇に手を置くと、胸を中央へ寄せる。すると谷間にもスリットがあり、挿入できるようになっていた。

「なっ……！」

美玲の仕草が意味することを想像した誠治は、今度こそ顔を真っ赤にする。

「美玲、ありがとう。でも、今夜はそんなことしなくても、十分だから……それはまた今度で」

「そうなの？　誠治さんに喜んでもらいたかったのに」

「はぁ……美玲が可愛すぎてたまらない……俺、大丈夫かな……」

誠治は深く空気を吸い込むと、興奮を逃すように息を吐いた。今にもしゃぶりつきたくなる身体を目前にして、目を閉じている。

「誠治さん？」

「やっぱり、今夜は覚悟して。美玲」

瞼を上げた誠治の目は、飢えた獣が目前の獲物を狙うように黒光りしていた。見つめられると、ゾクッと期待が背中を走っていく。

美玲はそっと股座(またぐら)を開き大胆な恰好をした。

花びらのような襞(ひだ)の奥は、すでに蜜が滴(したた)っていた。誠治に見つめられただけで、期待で下半身が疼(うず)いている。

「もう……きて？」

彼の熱に直接触れたい。美玲が覚悟を持って男の劣情を煽ると、誠治は雑に服を脱いで裸になり、目の色を変えて下着をずり下ろす。

はちきれんばかりに昂った男根からは、雄特有の匂いが漂ってくる。

襲いかかるように美玲に近づくと、淫靡な下着の上から膨らんだ胸を揉みしだく。布の上から突起をしゃぶられると、もどかしさで疼いてしまう。

「ねぇっ……お願い、ブラの上からじゃ、嫌」

「ああ、もうっ！」

誠治は手を後ろに回し、ホックを外した。すると圧迫感のなくなった乳房が現れ、ふるりと揺れる。

「こんなの、今まで禁欲的な国にいたから……ダメだ、刺激が強すぎる」

はぁ、と熱い息を美玲の耳元で吐いた誠治は、両手で美玲の乳房を掴みながら、深く口づける。

「んっ……んんっ」

親指と人差し指で硬くしこった先端を摘まみ、昂りを太ももに擦りつける。

「今日は脱がすよ」

手を伸ばして紐をほどき、全ての下着を取り払う。裸になった途端、誠治が覆い被さってきた。

久しぶりに直接感じる彼の筋肉質な身体が、美玲のしっとりと吸いつくような肌と重なっている。

胸への刺激だけで、すっかり濡れきっていた。

「ね、もうきて？　誠治さんを、直接感じたい」

するとすぐにカウパー液で濡れた切っ先があわいに添えられ、つぷりと挿入り込んでくる。

「あっ……んっ、ああっ……はあっ」

甘い声が漏れるのと同時に、ずんっと熱杭が体の中央に差し込まれた。待っていたとばかりに襞が絡みつき、誠治は思わず呻き声を上げる。

「くっ……う、美玲……きついっ」

熱杭が挿入されただけで、美玲は軽く達していた。ピンと足の先を伸ばし身体をふるりと震わせる。きゅうっと絞り上げられ、誠治は「うっ」と堪えきれず声を漏らす。

「誠治さん、もっと」

「はっ、ダメだ……美玲、このままじゃすぐに出てしまう」

「どうしてダメなの？」

「これだけは、結婚するまではダメだ」

そう言ってすぐに熱杭を引き抜くと、誠治は用意していたゴムを取り出した。すばやく装着して美玲の上にのしかかる。

「このっ、小悪魔は……僕を殺す気か？」

誠治は再び挿入すると、水音を立てながら抽送する。いやらしい音に、はっ、はっと荒い息が重なって響く。

「あんっ、あっ……はぁっ、あっ、もっとっ……もっときてっ」

時折かき混ぜるように腰を回し、膣の浅いところを刺激する。くちゅり、くちゅりと卑猥な音と共に重なっていると、誠治がクリトリスの上に指を置いた。

「こっちも可愛がらないとね」

二つの指で挟みながら、扱くように刺激する。途端に理性が飛ぶほどの快感が身体中に走っていく。

「あっ、そこはっ、だめぇっ……あっ、ああ――っ！」

内と外と同時に攻められ、美玲は絶頂に達して背をのけ反らせる。

逃れたくても、腰をがっちりと掴まれていた。思考が真っ白になるほどの快感に身体が打ち震え、誠治の男根を絞り上げていく。

「はっ、くっ……うっ」

腹筋と腿の筋肉に力を込め、射精を歯をくいしばって堪える。今度は美玲を気持ち良くさせたいと、誠治は絶頂の最中にいる女の身体に再び杭を打ち込んだ。

「あっ、ダメッ……せいじっ、さんっ……もうイッてる、イッてるからぁ」

嬌声が止まらない。白い肌は上気して、桃色に染まっている。

容赦なく抽送を繰り返し、ぷっくりと膨らんだ花芽を扱く。達したところで口づけられ、さらに頭の中が快感で埋まっていく。こんなにも激しく達するのは、初めてだった。

「もう……誠治さん、お願い……一緒に、イきたいっ」

「ああ、僕ももうっ、限界だ」

誠治は男根を蜜路の入口まで引き抜くと、すぐに最奥を目指して突き入れる。大きなストロークを数度繰り返し、くぐもった声で唸りながら身体をぶるっと震わせた。

「くっ……美玲っ、出るっ」

「あっ、ああっ、あああ――――……っ」

盛大に達した美玲は誠治をきつく締め上げた。キュッと絞った途端に誠治も中で欲望を弾けさせる。ドクドクッと大量に精を吐き出した誠治は、大きく肩で息をした。

――やっと、一つになれた。

自分にのしかかる誠治の身体が少しだけ、汗ばんでいる。まだ興奮が止み切っていないのか、はぁはぁと荒い息をしていた。

誠治は以前のように美玲に欲情して、最後まで抱いてくれた。久しぶりに感じる熱に、火照った身体は簡単には冷めない。

「誠治さん、好き」

「……僕もだ」

彼の広い背中に腕を回し、ギュッとしがみつくように抱きしめる。まだ彼は中に入ったままだけど……

「ごめん、久しぶりすぎて、ちょっと理性が飛んでしまった」

「ううん、気持ち良かったよ。こうして裸で抱きしめてくれると、安心する」

ようやく、誠治が戻ってきたことを実感する。頭ではわかっていたけれど、身体で熱を感じあう行為は、また違う幸福感を美玲に与えていた。

「もう、離さないでね」

「もちろんだよ」

誠治の声が心地良い。力強い腕に抱きしめられながら、美玲が足を絡ませると――それを合図に、再び誠治の男根が力を持つ。

一旦ゴムを替えるからと引き抜かれた途端、寂しくなるのだから重症だった。

「誠治さん、きて？」

腕を広げて彼を迎え入れる姿勢を取ると、準備のできた誠治はすぐに乳房にしゃぶりつく。すでに勃起したペニスはみちみちと泥濘（ぬかるみ）を押し分けるように挿入（はい）ってくる。

「んっ……ぅ、あぁ」

誠治は再び律動をはじめた。揺さぶられると、美玲は声を抑えることができない。白く弾けるような快感に襲われ、「ああっ」と嬌声（きょうせい）を上げた。

「はぁ……美玲、みれい、好きだ」

気持ちを言葉で確認しながら、彼を身体の奥に迎え入れる。

誠治の長くて太いペニスで子宮口をノックされると、敏感になった身体はたまらない。びりびりとした刺激が背筋を走り、脳内を直撃する。

「ああんっ、それ……それダメぇ……おかしく、なっちゃうっ」

「俺はもう、おかしいくらい、君に溺れているんだ……美玲も、イくんだっ」

誠治が突き上げるたびに軽く達し、身体が痙攣（けいれん）する。全身に広がった快楽は足先まで痺（しび）れさせた。

「あっ、んん――――っ！」

ひと際大きく達した途端、目を開けられなくなってしまう。嬌声（きょうせい）を喉の奥に溜め、口をぎゅっと引き結ぶ。

ピンと伸ばした足が震え、膣壁は誠治の膨らんだペニスをぎゅうっと絞り上げた。

彼もたまらないとばかりに呻（うめ）くと、ぶるりと身体を震わせる。

「っ、くそっ」

珍しい言葉を呟くと、眉間に皺（しわ）を寄せたまま苦しげに腰を揺らす。「ダメだッ」と言いながら誠治は美玲の口を唇でふさぎ、激しく腰を動かして抽送（ちゅうそう）する。

スピードを上げた途端、パンッパンッと肉と肉がぶつかるいやらしい音が部屋中に響き、水音がいっそう鳴る。敏感になった身体は痺（しび）れっぱなしだ。

「……っ、あぁっ」

「う、くっ」

息を荒らげた誠治が、ぎゅうっと美玲を強い力で抱きしめる。美玲の中で弾けた誠治の欲望が、被膜越しにびゅくびゅくと脈打つように放たれた。

押しつけられる腰を離さないように、美玲は両足を彼に絡め、背中に伸ばした腕に力を込める。

三年ぶりに分かちあう互いの熱からはもう、離れることはできなかった。


美玲の方が早く目が覚め、身体に巻きついた彼の腕をほどくと途端に身体が軽くなり、顔を上げて外の景色を眺めた。

——緑のある景色って、本当に落ち着く……

せっかくだから、朝風呂に入ろうと思い檜の浴槽に湯を張った。少しぬるめにして、長く楽しもう。

ちゃぷん、と透明な湯に浸かりながら手のひらで湯をすくう。すると指の間から湯が流れ落ちていく。水面の近くには緑の葉が青々と茂り、美玲のほのかに赤い顔が映し出された。

ゆうべは三年ぶりとあって美玲も誠治もぐちゃぐちゃになるほどつながり続けた。あんなにも気持ちのいいセックスになるとは思わなかった。

流し場で身体をサッと洗い昨夜の残滓を洗い流した時、身体のいたるところに誠治につけられた鬱血痕を見つけ、恥ずかしくなった。

昨夜の誠治は凄かったけれど、自分が煽りすぎたせいでもある。それに途中で美玲の方が上になって動いたりしたから、おあいこだろう。

そんな風に考えていると、背中の方から湯が揺れた。

「おはよう？」

誠治が美玲の後ろに足を入れ、全身を湯に沈めた。ざざぁっと大きな音を立てて湯が溢れ出していく。二人が入ると、小さな浴槽はいっぱいになった。

「ぬるめの湯なんだね」

「もう少し熱くしようか？」

「いや、このくらいが丁度いいかな」

当たり前だけれど、二人とも裸だ。鳥たちのさえずりが聞こえる朝に、二人で湯船に浸かっている。

誠治が後ろから腕を回し、美玲の胴に巻きつける。彼は以前のように、甘えながらくっついてきた。

「……ゆうべはごめん。美玲に優しくするって言っておきながら、がっつきすぎた」

「私も嬉しかったから、謝らないで」

「ん、わかった。はぁ、三年間の禁欲生活の反動だよ」

誠治は美玲の肩口に顎を置いている。時折耳たぶを甘噛みするのはやめてほしいけれど、どうやら気に入ってしまったようだ。

「中東の勤務は大変だったのね。お疲れ様」

「ああ、ようやく帰ってきたんだなって思うよ」

誠治は「美玲とこうしていると、安心する」と言いつつ腕に力を込めて抱き寄せる。背中に彼の胸板が当たっている。

心地良い温度に、爽（さわ）やかな風景。そして嬉しい言葉。

すぅーっと息を吸い、幸せを味わうようにゆっくりと息を吐く。

「ね……誠治さん。私、こんなに幸せでいいのかな」

「これまで頑張ってきたから、いいんだよ」

まるでここは、二人だけの世界のよう。

でも一歩外の世界に戻ると、母のことが重くのしかかる。それに、誠治の態度からも自然に結婚を考えてしまう。

誠治とはこれからも一緒にいたい。

けれど、やはり自分が外交官の妻になっていいのだろうかという思いもある。自己肯定感の低さはなかなか払拭できなくて、時折不安の芽が出てしまう。

「美玲？　また何か考えていた？」

「え？　ううん、なんでもない」

今は幸せだけど……このままでは、いられない。どちらにしても誠治はまた海外に赴任してしまう。それが来月なのか、一年後なのか、もっと先なのかはわからない。その彼に果たして、ついていけるのかも……自信がない。

そんな不安が顔に出たのか、誠治は美玲の肩に湯をかける。

「何かを決断する前に、必ず僕に相談して。どんなことがあっても……そのままの君が好きだから」

「うん、そうする」

こっち向いて、と言われて振り向くと彼の顔がすぐ近くにある。

顎をすくい上げられると、すぐに優しいキスが頬に落ちてきた。目尻にも、まぶたにもキスをした後で唇に軽くのせられる。

彼のキスはいつも丁寧で、心をくすぐるように温かい。

二人は戯れるようなキスをして……そしてまた、深くつながった。

温泉旅行から帰った二人は、三年間の溝を埋めるように時折身体を重ねた。すると二人の間にあったわだかまりも消えていく。

それでも、美玲は抜けない棘のように借金のことが頭から離れなかった。

お金もだいぶ貯まってきた。本当なら全額を頼子に返して、堂々と誠治と付き合いたい。

そのことを気遣ったのか、誠治がためらいがちに問いかけてくる。

「今度、僕の両親の家に一緒に行かないか？」

「……誠治さんの実家？」

それはもしかすると、結婚の挨拶だろうか。

でも彼からはまだ、プロポーズをされていない。誠治の性格なら、順番を間違えるとは思えないのに、どうしてだろう。

「母が君に謝りたいと言っている。僕に結婚する気はないのかと聞いてくるから、君と交際していると伝えたんだ」

「そうすると、やっぱり挨拶する感じなの？」

「そんなに深く考えないでほしい。その……美玲はまだ、気にしているだろう？　子どものことも、借金のことも。それらを一つ一つ解決していきたい」

美玲がまだ戸惑っていることを、誠治に見抜かれていた。その迷いを、解きほぐしたい。そう言われた美玲は、自分を納得させるようにコクンと頷いた。

けれどあの時、頼子から浴びせられた厳しい言葉を覚えている。いくら謝りたいと言われても、本当にそうなのだろうかと疑ってしまう。

「母は……清香の産んだ子ども、倫路（みちお）の面倒を見るようになってから、人が変わったように見える」

「違うって、どんな風に？」

「以前は父に対して、従順であることが全ての人だったけど……今は、どちらかと言うと主導権を握っているように思うよ」

誠治もたまにしか実家に顔を出さないため、両親の間に何があったのか、詳しくはわからない。ただ、倫路の存在によって生じたひと悶着により、歴史も頼子への態度を改めたそうだ。

「それに、美玲には僕の言葉が嘘ではないと、信じてほしいからね」

「どういうこと?」

「倫路が本当に父の子だと、しっかりと確認してほしいんだ」

誠治に言わせると、隠し子疑惑を完全に払拭したい。それには言葉だけでなく、実際に歴史と倫路が親子である姿を見せたいという。

「そこまでしなくても、もう信じているよ」

「うん、それはありがとう。でも……これからの、僕たちのためにも。整理できることはしておきたい」

きっと、その整理の一つが頼子の謝罪なのだろう。真摯に謝ってくれるならば、断る理由はない。

「実家が嫌なら、外で会うことも考えるよ。プライバシーを守れるところとなると、ホテルとかになるけど」

「ううん、大丈夫。一度は誠治さんの実家を見ておきたいし」

「ありがとう、だったら今度の日曜日でいいかな。国会も閉会したから、父も少しは余裕があると思う」

国会と聞くとピリッと緊張感が走る。誠治も会期中は深夜遅くまで素案を作成するなど、忙しくしていたからだ。

普段は意識しないけれど、やはり雲の上の人たちではないかと思ってしまう。

「私なんかが行っても、いいのかな」

「……美玲」

冷たい声が降ってきて、ハッとして顔を上げた。

「君は僕が選んだ人だ。誰にも文句は言わせないよ。たとえ、両親でもね」

誠治は美玲の髪をひと房手に取ると、そこに唇を落とす。そして下から見上げるようにして、瞳を凝らした。

時折こうして、誠治は美玲を見つめることがある。その闇色の瞳の奥にある炎を感じると——もう、逃げることはできないと思い知らされるのだった。

約束をした日曜日。都内の一等地に建てられた家は、周囲を白い塀で囲われていた。現代的な装いの大きな建物だ。玄関と思われる扉の前にタクシーが停まり、二人が降りた途端にインターホンから声をかけられる。

「誠治さま、お待ちしておりました」

「扉を開けてくれ」

「お待ちくださいませ」

マスコミや支援者を装(よそお)った野次馬対策のため、セキュリティを高めているらしい。政治家と言えば和風の家を想像していた美玲は驚き、ただ高い塀を見上げるしかなかった。

「プライバシーを守るためっていうけど、それだけ腹黒いってことだよ」

誠治はこともなげにそう言って冷たい視線を流す。美玲の前で見せるような柔らかい雰囲気は姿を消し、今は冷酷な外交官(ディプロマ)そのものだ。

「ただいま戻りました」

玄関で靴を脱ぎ、揃えられていたスリッパに履(は)き替える。個人宅とは思えないほど長い廊下を進むと、中庭(パティオ)が見えた。採光と緑を取り入れるためのものだ。

「今日は父はいるのか?」

「はい、奥でお待ちでございます」

使用人だろうか、お仕着せを着た女性が二人を先導して案内する。

重厚な扉の前に立ち、誠治がノックをした。「誠治です」と伝えると「入りなさい」と中から男性の声が返ってくる。

部屋は執務室となっているのか、書棚とキャビネットが並んでいる。客を招いた時のため、重厚なソファーが中央に置いてあった。

上座には威厳に満ちた男性が座っている。腕を組んで考え込んでいるのは、誠治の父親の歴史だった。

二人掛けのソファーにはすでに頼子と、倫路と思(おぼ)しき子どもが並んで座っている。誠治に似た、利発そうな子だ。

「誠治、そちらが橋渡さんなのか？」

「はい、そうです。彼女とは結婚を前提としたお付き合いをしています」

誠治は美玲の隣に立ったまま、父親を鋭く見つめている。美玲は頭を軽く下げた。

「はじめまして、橋渡美玲です」

美玲の声を聞いた背広姿の歴史は流麗な眉をひそめると、ふむ、と顎に手を置いて頷いた。

「まぁ、二人とも座りなさい」

歴史の声かけにより、誠治は母親の向かい側に座る。そして美玲にも隣に座るように促した。立派な応接室にはなんとも言えない緊張感が漂い、まだ小さな倫路ですらそれを嗅ぎ取っているのか大人しい。

「美玲、母さんの隣にいるのが倫路だ」

いきなり自分の名前を呼ばれて驚いたのか、倫路は肩をびくりと震わせた。隣に座る頼子が「ご挨拶しましょうね」と声をかけると、立ち上がって綺麗におじぎをする。

「はじめまして。僕は一三条倫路です」

「まぁ、上手にご挨拶できるのね。今、何歳なの？」

「五歳です」

はきはきと受け答えをする姿は子どもらしくて可愛らしい。美玲は語学スクールで子どもクラスも受け持つことから、このくらいの年代の子にも慣れている。そのため、倫路は五歳にしてはとても賢い子どもだと肌で感じていた。

「倫路、お父さんたちは少し難しい話をするから、部屋に戻っていなさい」

「はい、わかりました」

歴史が声をかけると、すぐに部屋の出入口へ向かっていく。使用人の一人が手を握り、子ども部屋へと連れていった。

「とてもお利口な子ですね」

美玲の口から、思わず感嘆の声が漏れてしまう。スクールに来る子どもたちは、元気が良すぎてまとまりがない。

それと比べると、倫路の子どもらしからぬ様子は気になるものの、常に冷静な誠治の異母兄弟だと思うと納得してしまう。

「そうだろう、彼はとても聡い子でね。誠治と違ってまっすぐに育っているんだ」

「父さん、一言余計ですよ。僕は親の敷いたレールを走らなかっただけで、まっすぐに生きています」

軽口を言うあたり、どうやら思っていたよりも誠治と歴史の関係は悪くないようだ。そして出された紅茶を一口含むと、誠治は頼子に向かって話しはじめる。

「母さん、今日ここに来たのはあなたが呼んだからです。僕の言いたいことは、わかりますね」

すると頼子は、座り直して美玲に正面から向かいあった。

「美玲さん、あなたに酷いことを言ってしまいました。本当に申し訳ありません」

言い終わると同時に深々とおじぎをする。膝の上に両手を重ね、うなじが見えるほどに頭を低くした。頼子の表情は硬く、心から反省している様子であった。

今日は着物ではなく、黒のシックなワンピースを着ている。以前は貫禄があったが、今はどこか若々しく感じるのは、小さな子どもの世話をしているからだろう。

「あの、謝罪の言葉は受け取りますので、どうか頭を上げてください」

「いいのか？　美玲。本当なら、土下座しても足りないくらいなんだぞ」

「土下座だなんて、そんなことされても嬉しくありません」

誠治が言うと、本当にやりかねない。怒りを露わに、彼は語気を強めた。

「母さんが美玲にしたことは脅迫以外の何物でもない。僕は美玲を攻撃する人を許さない、それだけは覚えておいてくれ」

どれだけ鋭い目で睨んだのだろう、顔を上げた頼子はぐっと口を閉じる。

けれど、美玲はどうしても聞きたいことがあった。

「あの、どうして謝ろうと思われたのですか？　三年前は、あれほど私に誠治さんを諦めろと言っていたのに。私の状況は何一つ変わっていません」

頼子は項垂れて頭を低くすると、再び「ごめんなさい」と声を震わせる。でも、美玲が知りたいのは心を入れ替えた理由だった。

「あの時は、倫路は本当に誠治の子どもだと思っていたの。清香さんの言葉をうのみにしていた私は、愚かにもあなたに誠治と別れるように迫りました」

「……はい」

「その後で誠治から真実を聞かされ、ＤＮＡ鑑定の結果を見ました」

そこからは頼子にとって、思いがけない選択を迫られたという。一度は清香が乗り込み、歴史との離婚を要求する場面もあったという。

「でも、倫路がとても可愛くて。あの子の紅葉のような手を離せなくなりました」

清香は子どもを育てることに関心がなかったのか、倫路が赤ちゃんの頃から頼子のところに預けたままだったという。誠治を育てた経験のある頼子が、倫路の世話をずっとしていた。

「その時に、自分の愚行がわかりました。子どもの将来を親が決めても、その通りになんて育たないのに、私は自分の思い描く将来にしか価値がないと、思い込んでいました」

その価値観が崩れ、頼子は倫路を引き取り、歴史に向かって「この子は私が育てる」と言い放った。そこで歴史も反省をしたのか、二人で育てようと頭を下げたという。

「だから、全てを許してとは言いません。私の気持ちだけでも、知ってほしくて……橋渡さんが誠治を選ぶのであれば、祝福させてください」

美玲は何も言えなくなっていた。誠治からも話を聞いていたけれど、想像していた以上の修羅場が一三条家で繰り広げられていた。

両親を前にして、誠治は冷静に話を進める。

「父さん、僕は美玲と結婚しますが、今さら反対なんてしませんよね。まぁ、僕はしてくださっても構いませんが、それでは美玲が気にしてしまうので。ここではっきりと認めてください」

「う、うむ。だが、私の跡を継いで政治家になるのであれば、妻の親族のサポートもばかにはできないぞ」

「僕は政治家にはならないと何度も言っています。結婚と引き換えの条件にされるようなら、このまま家を出ますよ」

誠治が冷たく言い放つと、歴史は狼狽えたように視線を逸らした。

「そもそも、この騒動も父さん、あなたが引き起こしたことが原因だ。責任を取って、倫路をしっかりと育ててください」

「あ、ああ。元よりそのつもりだ。お前の結婚も認めよう」

「それでは、僕は今後この件に関しては、口を出しません」

誠治は言い切ると同時に美玲の手を持って立ち上がると、さっさと部屋を出ようとする。

「ま、まって誠治さん！　私、まだ何も……借金のことも、話せていない」

立ち止まった美玲に対し、頼子は再び声をかけた。

「あれは私からの気持ちとして、受け取ってください」

「それは……」

戸惑う美玲を前に、誠治が切り込む。うやむやにしては、美玲が気にすると思ったのだろう。

「母さん、借用書を作成してください。そして美玲が返済計画に沿って返済する。慰謝料とか、気持ちとか。そうしたのはまずは脇に置いて、一旦は綺麗にする。いいですね」

「あなたがそうしろと言うなら、わかりました」

再び頭を下げる頼子を後にして、誠治は美玲の手を引き玄関へ続く廊下を足早に歩いていく。美玲はついていくのに必死だった。

屋敷の外に出たところで、美玲は誠治の手を振りほどいた。

「もうっ、誠治さん。もう少し穏やかに話がしたかったのに……あれだと、まるで喧嘩を売っているみたいじゃないっ」

「喧嘩を売っていいんだよ、美玲は」

初めて誠治の父親と会ったのに、あれで良かったのかと思ってしまう。

「それに、お義母様のお話だって、もっと親身になって聞きたかった」

以前は恐ろしいとしか思えなかったが、倫路を可愛がる頼子の姿には好感が持てた。夫が不倫してできた子どもを育てるなんて、とても自分にはできそうもない。

「それだって、俺が政治家にならないから後継者を育て直すつもりかもしれない。まぁ、なるべくそうならないように、倫路のことは見守るけど」

「だったら！ 喧嘩するんじゃなくて、仲良くしたらいいのに……」

ぷうっと頬を膨らませても、誠治は「でも」と言って駅に向かって歩きはじめる。

誠治は歩きながら、美玲の手を取った。

「僕は彼らと違って、夫婦仲のいい家族でいたい。そうして子どもが与えられたら、愛情を持って大切に育てたい」

「……うん」

それは美玲も同じだ。お互いに親に関しては深いわだかまりがあるけれど、自分たちの子どもにはそうしたことを感じさせたくはない。

寄り添うように身体を近づけると、誠治は外であるにもかかわらず美玲を引き寄せる。彼にしては珍しく、昼中なのに美玲の額に唇を軽く置いた。

「僕にとって、君が一番大切なんだ。君の憂いをなくしたくて、今日は両親に会いに行ったけれど……これで良かったのかな」

「大丈夫よ、私、かえってスッキリしたから。借金のことも、返済する目途もついたことだし。一度リセットしてから、二人で考えよう？」

「ああ、そうだね」

美玲はほわりと心が温かくなっていく。互いに親のことで問題を感じているが、かえって理解が深まった。

そうして寄り添いながら歩く二人の後ろ姿を、ギリッと奥歯を噛みしめて見つめる女がいた。

「何よ……あの女。本当なら、私が一三条の家に、誠治さんの隣に立っているべきなのに」

清香は悔しそうに顔を歪め、美玲の姿を目で追いかけるのだった。

誠治の両親のところへ訪問してからしばらくすると、美玲は久しぶりに母親からの電話を受けた。

「ねぇ、美玲。お母さん、ちょっと生活が苦しくて……」

「どうしたの？　男の人と一緒じゃなかったの？」

「それはそうだけど、頼ってばかりなのも悪いし」

「だったら、お母さんが働けばいいのよ。フランス語ができるから、仕事には困らないでしょ」

海鈴の声を聞くと、どうしてもイラついてしまう。さらにお金を無心されると怒りを通り越して悲しくなる。

母がいなければ、自分はもっと誠治に素直になれて、三年前には結婚していたかもしれない。倫路のことも誤解せずに済んだかもしれない。

黒い思いがふつふつと湧き上がり、やり場のない感情に支配されそうになる。

美玲は落ち着こうと深呼吸をすると、電話の向こうにいる海鈴に伝えた。

「悪いけれど、お母さんに渡すお金なんてないから」

「そうなの？　あなたの方がお母さんより収入あるでしょ？」

「そうだけど、都会で一人暮らしはお金がかかるの」

「だったら、こっちに戻ってきたら？」

「は？　そんなこと、簡単に言わないで。……もう、切るから」

「美玲？」

あまりの言い草に通話終了のマークを押す。そしてそのままスマートフォンの電源を消して静寂を取り戻した。

実家に帰って、母親の顔を見て過ごすなんてとてもできない。娘としてどうかと思うけれど、それが美玲の正直な気持ちだ。

——こんな幸せな時に限って、どうして電話なんか来るのよ……

イライラする気持ちをぶつける先が見つからない。美玲は「もうっ」と言いながら部屋に置いてあるクッションを壁に投げつけた。


「美玲先生、お客様です」

ちなつに呼ばれ、美玲は顔を上げた。語学スクールの講師控室で授業準備をしていた美玲は「誰だろう？」と首を傾げる。生徒や新規問い合わせであれば、そのようにちなつは教えてくれる。まったく知らない人だったらどうしよう、と思いつつ美玲が受付に向かって歩くと、そこには意外な人物が立っていた。

「こんにちは、ご無沙汰(ぶさた)しております。私のこと、覚えていらっしゃいますか？」

「……はい」

御小路清香だった。薄いベージュのスーツを着こなしている。首元には鮮やかなスカーフを巻き、美しい黒髪がまっすぐに伸びていた。爪の先までしっかりと手入れがされ、ネイルアートが施されている。この女性が子どもを産んだとは思えないほど、ほっそりとしたプロポーションだ。

「良かったわ、でしたら少し、お話ししたいことがありますの。ご一緒してくださるかしら」

清香は否と答えることを許さないと言わんばかりの勢いで、近くに寄ってくると耳元で囁いた。

「あなたのお母様のことで、とてもいいお話がありますの」

三年前の借金の清算は終わっているはずなのに、また別にあるのだろうか。美玲はハッとして顔を上げた。

「そんなに驚かなくても……大丈夫、私は美玲さんの味方ですわ」

意味深な表情でふふっと笑った清香は、先にロビーで待っていますと言い、階下へ向かう。

誠治に連絡をしたいけれど、今は忙しいと言っていた。それなのに、自分が彼女と会ってもいいのだろうか。

でも、ここまで来たのであれば清香の話を聞いてみたい。誠治と結婚するならば、きっと彼女のことも借金と同じで『整理』するべき一つだろう。

次のクラスまでには時間がある。美玲は机の上を片付けると、ちなつに「少し出てきます」と伝えた。不安げな顔をしたちなつに「大丈夫だから」と微笑むと、「何かあったらすぐに連絡してね」と言葉をかけられる。

階段で一階まで行くと、広いロビーの片隅で清香は優雅に足を組んで座っていた。相変わらずの姿に、美玲は怪訝(けげん)な顔をする。

「今日はあなたにお話があって、ここまで来たの」

話とはなんだろうか。身構えると同時に、彼女とした約束を思い出す。

三年前、海鈴の借金を返済するから、誠治と別れるようにと迫られた。あの約束を反故(ほご)にしたことを責められるのだろうか。

美玲はロビーを見回し、商談にも使うことのできる個別ブースに案内する。このままロビーにいるよりは、人から話を聞かれにくいだろう。

机に四つのイスが置かれた小さな部屋だ。主にビジネスに使うため、余分なものは置かれていない。

「こんなところですみません、お話は聞かれない方がいいかと思いまして」

「ええ、こちらで大丈夫ですわ」

「で、話とは一体なんのことでしょうか」

――大丈夫、誠治さんはああ言ってくれたから。三年前の借金の肩代わりのことなら、もうすぐお金も貯まる。だから、大丈夫なはず……

勇気を振り絞って顔を上げると、清香は綺麗な微笑みを浮かべた。

「橋渡さんにお聞きしたいことがあるの。最近、また誠治さんがあなたに接触しているでしょう?」

「はい。確かに誠治さんとは会っていますが、以前いただいた慰謝料はもうすぐ返済します。ですから」

「それはもういいの。あの時、確かにあなたは約束を守って、誠治さんと別れたから」

「……」

美玲はそれでも返済するから、もう関係ないことだと伝えようとするが、それを遮る(さえぎ)ように清香が話を続ける。

「でも誠治さんにも、困ったものね……あなたを弄ぶ(もてあそ)ようなことをして」

彼女はバッグの中からファイルを取り出すと、美玲の前にそれを広げる。

「これはね、誠治と私の子どもの写真。見てくださるとわかる通り、誠治さんにそっくりなの」

写真に写る子どもの顔は、倫路のものだ。もうすでに、清香と歴史の子どもだと知っている。

それなのに、清香は何を言うのだろうか。確か、誠治も言っていた。彼女はサイコパス――どこか、歪み(ゆが)があるのではないかと。

「誠治さんがアフリカに赴任している間に生まれた子どもです。今まで離れていたから、まだ籍は入れていないのだけど……そろそろ、この子の戸籍をきちんとしたくて。でも誠治さんったら、またあなたにちょっかいを出しているみたいなのね」

まるで真実であるかのように話してくる。

もし、あの日に頼子から話を聞いていなければ、信じてしまいかねない。それだけ真に迫るものだった。

こうした時は頭から否定しても相手は聞かないから、静かに耳を傾けながらも、決して肯定しないようにと教わっている。美玲は清香を刺激しないように、声を落とした。

「それは、どういうことでしょうか」

「誠治さんが私との結婚を渋っているのよ。子どももこんなに大きくなっているのに。もう五歳になるのよ」

清香は呆れたようにため息を吐いた。

「だから、あなたからも勧めてほしいの。子どものことを考えて、籍だけでも入れてちょうだいって」

「そんな……そんなこと、私の口からはとても言えません」

「別に、あなたたちの交際についてはもう、何も言わないわ。今の誠治さんは私に興味がないようだから、無理に押さえつけることもできないでしょうし」

なんということだろう。子どものために籍だけは入れたい。けれど不倫をするのは構わないとは。

さらに清香は条件を提示してきた。

「以前はあなたのお母様の作られた借金があったでしょう？　それを慰謝料代わりに渡したけれど、お母様はまたあなたを困らせていらっしゃるようね。もし誠治さんが私と籍を入れてくださったら、あなたのお母様のことは任せてくださって構わないわ」

「任せるって、どういうことですか？」

清香は流麗な眉を八の字にして、改めて話しはじめた。

「あなたのお母様、橋渡海鈴さんって言われるのね。随分とお綺麗な女性だから、監視してくださる方にお願いすればいいのよ」

要するに海鈴が今後借金できないように、その方面に長けた人を紹介するという。

ぞわりと肌が粟立った。簡単に言うけれど、それは反社会的な勢力ではないだろうか。

「そんな、母のことに構わないでください」

「あら、そんな悠長なことを言っていられるのかしら？」

「……どういうことですか？」

「あなたのお母様、またお金を借りようとされているわよ。それも、あの業者に。いろいろと、情報は入ってくるんですの」

清香はさらりと言ったけれど、本当であれば恐ろしい。あの蛇のような男の毒牙に、またかかるというのか。

「そうは言いますけど、あなたが母を誘導しているのでは……？」

「まさか！　そんなこと、どうしてできるのかしら？」

疑問は残るが、今は確たる証拠もない。それに、本当に母が借金をしようとしているのか、わからない。

「今すぐにお返事することは……できません」

美玲はそう答えつつ、様子を窺うことにした。清香のしようとすることが、何一つ理解できない。

「なるべく早めに決めてちょうだい」

清香は立ち上がると、美玲をブースに置いたまま複合ビルを出ていく。彼女の姿が消えた途端、美玲は張りつめていたものが切れて、倒れるように机に突っ伏した。

その後、どうにかして気持ちを立て直した美玲は夕方のクラスを終えると、アパートに急いで戻る。落ち着いて考えたかった。

何よりも海鈴が本当に新たに借金をしようとしているのか確認しなくては。速足で歩いていくと、自分の部屋の電気がついている。

――まさか……！

駆け足で進み部屋の扉を開けると、予想通り海鈴がいた。それも、美玲のクローゼットを開けて物色している。

「あら、美玲！　帰ってきたの？　あなた、凄いわ！　こんなにもお金を貯めていたのね。これだけあれば、お母さんしばらく大丈夫だから。お金を借りないで済みそうよ」

海鈴の手には、美玲が返済用にと貯めていた預金通帳が握られていた。額面を見れば確かに、かなりの額だ。

「……帰って。今すぐこの部屋から出ていって！」

「何言っているの、もう電車もない時刻なのよ。明日、これを引き出してくれたら安心ね」

何を言っても海鈴は聞く耳を持っていない。娘の持ち物は全て自分のものであるかのように、誠治から贈られたバッグも手にしている。

何もかも、この母親がいる限り自分は幸せになれないような気がして――美玲は「もういい」と言ってがくりと肩を落とす。

清香の言う通り、反社だろうが誰だろうが、海鈴の面倒を見てくれたらどれだけ気が楽になるだろう。けれど、そんなことは美玲の道徳観に反する。何より美玲が誠治と結婚した場合、義理の母親が反社と関連があれば外交官としての歩みの障害になりかねない。

これまでがむしゃらになって働き、貯めていたお金も全部母親に持っていかれそうになっている。

それでも彼女がまた、あの業者からお金を借りるともっと悲惨なことになる。

それよりは……このお金を渡す方が安全だろう。

あまりにも予想外のことが立て続けに起こり、美玲は冷静な判断ができなくなっていた。

根本的な問題を解決しなければ、海鈴は再び借金をするだろう。そのことはわかっているけれど、どうすることもできない。

気持ちはどんどん沈んでいく。幸せを感じた途端に不幸が襲ってくる。

——どうしてこんなことばかり、起こるの？

自分は不幸を呼び込むのだろうかと思いながら、その夜、美玲は重い瞼を閉じ、泥のようになった身体を横にして眠りについた。


翌日、銀行に行きいくらか預金を引き出した美玲は、現金を封筒に入れ海鈴に渡す。

「とりあえずこれだけ渡すけど、無駄遣いしないで、それからもう借金はしないで」

「わ、わかったわ」

美玲に冷たく睨まれ、海鈴は「ありがとう」と言いながらも帰っていく。でもきっと、またすぐにお金の無心に来るだろう。

預金額を見られているから、それが尽きるまで何度も来るに違いない。

いっそ、全て渡してしまおうかと思ったけれど……そうすると今度は頼子に返せなくなる。何よりもお金の管理ができない人に一度に大金を渡しても、ろくなことにならない。

それよりはなんとかして、母親が自立できる道を探さないと。

落ち着かない気持ちのまま、週末がおとずれる。最後に誠治と会ってから二週間が経っていた。


夜のクラスを終えた美玲は、ビルの地下にあるバーへ清香に会うため向かっていた。彼女から再び会いたいと言われ、この場所を指定されたのだ。

都心の中心に近いバーは、入口に小さな看板が出ているだけだった。普段の美玲であれば、入ることを躊躇(ちゅうちょ)してしまいそうなところだ。

それでも海鈴のことはともかく、清香の誤解を少しでも解いておきたい。倫路はもうすでに、父親のもとで健(すこ)やかに育っている。それを引き合いに出して、誠治と結婚しようとするのは矛盾だらけだとわかってほしい。

コツコツと靴音を鳴らしながら扉を開けると、薄暗い店内のカウンターに、真っ赤なワンピースを着た清香が座っている。

「お待たせしました」

「あら、私も今来たところよ」

清香は口の端を上げ、隣の席を示す。美玲は白のクロップドパンツにしていて良かったと思いながら、高いスツールに腰かけた。

「私、カンパリオレンジが好きなの。だからあなたの分も頼んでおいたわ」

清香は自然な仕草で美玲の目の前にロングタイプのカクテルを置く。ちらりと横を見ると、彼女も同じものを飲んでいるようだ。

「ありがとう、いただきます」

そう言いながらも、美玲はドリンクには口をつけずに話を切り出した。

「今日は、あなたに伝えたいことがあります」

「なぁに？　でもその前に、私も紹介したい人がいるの」

「え？」

今日は二人で話をするために来たというのに、一体誰を紹介したいのだろう。怪訝な目で彼女を見つめてしまう。

すると美玲の隙をついて、隣の席に男性が座る。

誰だろうと振り返ると、そこには思いがけない人物がいた。

「三筋さん！」

「久しぶりだね。美玲は相変わらず……綺麗だな」

どうして三筋がここにいるのか。それも清香と共に現れたことが信じられない。美玲が驚いているのを見て、清香がくっと口角を上げた。

「三筋さんにね、あなたの現状を教えて差し上げたの。お母様の借金を口実にして、誠治さんが無理やり交際を迫っているって。そうしたら、あなたのことを助けたいんですって。いいわねぇ、優しい人じゃない」

「な、何を言っているんですか？」

三筋には付き合っている時に、海鈴のことを少しだけ話したことがある。男にだらしない性格をしていることと、過去に借金を作ったことも。

「ここにいる御小路さんから聞いたよ。脅されているんだって？　外交官のくせに……俺だけでなく美玲を脅すなんて許せないな」

暗い目をした三筋は、近寄ると美玲の腕を掴んでくる。避けるつもりが、素早い動きで逃げられなかった。

「美玲のお母さんのことは、御小路さんがどうにかしてくれるって。あの男は、御小路さんの子どもの父親なんだろう？　だったら美玲は俺と……俺と結婚しよう。ずっと、諦めることができなかったんだ」

清香に言いくるめられたのか、三筋は真剣な顔をしている。でも、全てが嘘だ。美玲は誠治から脅されているわけではなく、清香の子どもは彼の子ではない。

強い力で腕を掴まれると、恐怖で身体が固まってしまう。美玲が何も言わないのをいいことに、三筋は美玲にカクテルの入ったグラスを勧めた。

「これでも飲んで、俺と話をしよう」

先ほど美玲に渡されたドリンクを美玲の手に持たせようとする。カラン、とグラスの中の氷が音を立てた。

「私は、三筋さんと話すことはありません。手を離してください」

厳しい表情をしても、彼が動じることはない。ドリンクを飲まないのを見て、チッと舌打ちをしている。自分の思い通りにならないことに腹が立ったのか、立ち上がると美玲を連れ出そうと腕を引っ張った。

「や、やめてください！」

声を上げた途端、背中に気配を感じる。

「そこまでだ」

いつの間にか美玲の傍に近寄っていた誠治が、三筋の腕を掴んでいた。

こめかみに青筋を浮かべているところを見ると、相当怒っているのだろう。

清香に接触されたことも、今日ここで会うことも、美玲は誠治に伝えていた。彼も近くにいると聞いていたから、間に合って良かったと思っていると――

「お前っ、この期(ご)におよんでなんだよっ！」

「三筋さん。僕は警告したはずですよ。これ以上、美玲に近づいた場合には、あなたの起こした事件を明るみに出すと」

「なっ、俺は何もしていないっ！」

「そうですか？　相手の女性が証言していますよ。飲み物に何かを入れられ朦朧(もうろう)としたところを襲われたとね。今もこのドリンクに入れているのではありませんか？　美玲をどこかに連れ込むために」

「なっ！」

三筋は美玲を掴んでいた手を離し、今度は誠治の腕を振りほどこうとする。

するとし騒動を聞きつけたお店の人が近くにやって来た。呆然と立ちすくむ三筋を睨みつけるようにして、誠治はバーのマスターに伝える。

「このドリンクを調べてもらいましょう」

すると慌てふためいた三筋は、近くにあったイスを倒し、ガタンと大きな音を出した。

「お、俺は関係ない！　この、この女が用意したんだ。俺はただ、美玲と話がしたかっただけで」

「薬を入れたことは認めるんですね」

「だから、今日は俺じゃない！　何が入っているのかも、俺は知らない」

今度は清香がしなを作り誠治の腕に縋（すが）りつく。ぎゅっと身体を押しつけながら、甘えるように声を出した。

「誠治さん、嘘よ。私の方が命じられたの。この男に」

「何をしようとしたんだ？」

「何をって。美玲さんと、この男が話をしたいって言うから……ちょっとだけ、気持ちの良くなる薬を入れただけよ」

誠治は清香を冷たい目で見下ろしたまま、縋（すが）りついてくる腕を引きはがす。

「そうか、お前が入れて三筋が美玲に飲ませようとしたんだな」

確認するような言葉と共に店の扉が開かれ、制服を着た警察官が入ってくる。するとマズいと思ったのか、三筋が逃げようとした。それを阻止しようと誠治が腕を伸ばしたところで、三筋が腕を振り上げる。

勢いのついた手は誠治の頬に当たり、パアンッと高い音を立てた。

美玲の目の前で、誠治の頬が赤くなっていく。一方で三筋は人を叩いてしまったことで、顔を青くしていた。

「あ、ああ、お、お前が避けないからだ」

美玲が頬を手で押さえた誠治に近寄ると、彼が腕でそれを制止する。

「美玲はそこにいるんだ」

誠治が低い声を出した途端、警察官は三筋を拘束した。刑事と思しき男性に向かい、誠治が近寄っていく。

「遅くにすみません。彼女がこちらのドリンクに薬物を入れ、彼がそれを飲ませようとしていました。証言は録音したものがあります。あと、僕と、この店のマスターが聞いていました」

美玲は背広姿の刑事に向かい、鞄の中からボイスレコーダーを出した。誠治から持っているようにと言われ、渡されたものだ。

彼からは、飲み物が出されても口をつけないように、とも言われていた。全ては、この瞬間を予想してのことだろう。

すると清香はその場で震え出し、声を絞り出す。

「誠治さんっ、何が言いたいの？　私、犯罪なんて何もしていないわよ」

「御小路清香、お前のことも調べてある。この男と一緒に警察署に行くんだな」

「そんなの嫌よ！」

言い合っているうちにドリンクをテストした警察官は結果を見て、事情を聞きたいと清香に迫る。

すると彼女は、「私じゃない！」と叫び出した。

「清香さん、先ほど私にも言いましたよね。私が気持ち良くなる薬を入れたって」

美玲は自分でも初めて聞くような冷たい声を出す。

「なによっ、あなたが全部いけないんじゃない！　誠治さんの隣にいるのは、私だったのよ！　それを、あんたみたいな女が横取りして！　子どもまで産んだ私が捨てられるなんて、おかしいじゃない！」

ヒステリックに騒ぎはじめた清香は、髪を振り乱して叫び続ける。

「あなたなんて、一三条家にふさわしくないの。わかる？　私の方が家柄も何もかも勝っているのよ。あなたの母親なんて、ちょっと騙せばすぐに怪しいところから借金するじゃない。今回だって、私がそそのかした途端……」

「待って、怪しいところってどういうこと？　あの蛇みたいな男のこと？」

美玲が強張った声を出したところで、誠治の腕がすっと前に差し出された。

「それ以上は、警察署で聞こう」

警察官は清香も拘束すると、三筋と共に警察署へと連行していった。

「一三条さんとお連れの方からも、詳しい話をお聞かせください」

「わかりました」

誠治は刑事に返答すると、美玲の手を握りしめる。

「大丈夫だよ、僕がついている。それに友人の弁護士も呼んでいるから」

「う、うん……」

警察官に知り合いのような刑事、さらに弁護士とあまりのタイミングの良さに、誠治がすでに手配していたのだろうかと怖くなるけれど――

それでも彼の隣にいようと、美玲は心に決めていた。

第八章

次の休日。誠治はようやく落ち着いたと言い、自分の部屋に美玲を招いた。官舎に住んでいるから、いろいろと気を遣わないといけないらしい。

都心の便利な場所にあるにもかかわらず、古びた建物の四階まで階段で上る。エレベーターのないつくりに驚くけれど、昭和に建てられた宿舎はどこもそうだという。ギイッと軋んだ音のする鉄の扉を開く。

「国家公務員宿舎なんて聞くと、さぞかし立派なところだと思うよね……でも、建て替えの予算がつかなくて、古いまま残っているんだよ」

ははは、と笑いながら案内してくれた部屋は、一人暮らしにしては広いものだ。備え付けの冷蔵庫に、机が置かれている。全て畳敷きで、部屋の間はふすまで仕切られていた。

部屋の中は綺麗に整頓され、いかにも誠治の性格が表れている。荷物が少ないのは、海外勤務の多い外交官の宿命らしい。

「ここは独身寮ってことになっているけど、新婚で住んでいる人もいる。交通の便だけはいいからね」

確かに、霞が関に近いから深夜に歩いて帰ることもできる。建物の古さに我慢できるなら、選択肢の一つになるだろう。

「これまで君を呼ばなかったのは、とにかく古くて音が筒抜けなんだよ。だから……エッチなこと、できないだろう？」

「なっ！」

どうやら建物を縦断する配管が古く、隙間から音が漏れるらしい。夜中になると、どこかから女の人の高い声が聞こえるので、これは猫の鳴き声だと脳内で変換しているという。

「だから、君の声を聞かせたくなくて。ごめんよ」

「それならそうと、言ってくれたら良かったのに……私、呼んでくれないから、別の家庭を持っているのかも、って思っていた時があったの」

今では笑い話だけれど、一時期は真剣に悩んでいた。誠実そうな顔をして、美玲を騙して別に家庭を持っているのではないかと。

「僕はそんな器用なことができるタイプじゃないよ。そもそも、そんなことをする時間がない」

「そうね、国家公務員がこんなにも忙しいとは、思ってもいなかったわ」

「やりがいはあるけどね。でも外務省も今は本気で働き方改革をしているから、もう少し余裕ができると思うけど」

「そうなの？」

「ああ、特に子育て中の家庭には配慮してくれるらしい」

「ふうん、そうなんだ」

言いたいことはなんとなくわかるけれど、曖昧に返事をしておく。すると誠治が台所に立ったまま話しかけてきた。

「美玲はブリコラージュ、って言葉知ってる？」

「フランス語の？」

「そう、そこから派生して……そこにあるものを適当に寄せ集めて、作る感じ」

「なんだか、誠治さんらしくない言葉だね」

いつでも緻密に計画し、組み立てるようなイメージの誠治にしては珍しい。元々のフランス語は日曜大工を意味するけれど、どうやらそれだけではなさそうだ。

「僕らしくない、か。確かにそうかもしれない……でも、巡り巡って、これが一番合理的とも言われているんだ」

「そうなの？」

「ああ、行き当たりばったりとか、ありあわせでものを作るんだけどね。これが一番美味しい。はい、ブリコラージュなランチ」

誠治はありあわせの材料で作ったと言うけれど、とても美味しそうなスパゲティの入ったフライパンが目の前に出された。

市販のトマトソースに茄子を加え、ガーリックソルトを振りかけてある。普段は料理する暇もないという割には、パスタの茹で加減もちょうど良さそうだ。

「海外にいるとね、自炊することが多くて。それに日本にいる時ほど忙しくないから、自然にいろいろと覚えたよ」

ははっと笑った誠治は、白い皿の上にパスタを盛り付ける。

「人との出会いも、ブリコラージュのようなものだと思えば面白いだろう？」

「そうね。私と誠治さんもブリコラージュ？」

「うん、適当なようで一番合理的。そして……一番、美味しい」

「もうっ」

明るい声を出した美玲は微笑みを返した。誠治がこうして冗談を交えながら話してくれる休日が、一番楽しい。

彼はベビーリーフのサラダも用意すると、二人用の食卓にそれを並べた。カトラリーも二人分だけあると言う。

「家具とか殆ど、備え付けなんだ。どうしても短期間で出入りするから、家具付きの方が便利なんだよね」

だからお洒落でもなんでもなくて、と誠治は謝るけれど美玲には十分だった。外交官と聞くと、どうしてもハイソなイメージを思い浮かべてしまう。けれど、生活そのものは普通の人と変わりがなく、どちらかと言えば質素な方だ。

彼の手料理を堪能した美玲は、後片付けだけでもさせて、と台所に立った。すると、お皿を洗う彼女を誠治が腕を組みながら見つめている。

「どうしたの？　そんなに見られても、何も出ないよ？」

「いや、いいなって。普段、暮らしているところに美玲がいるのが……こう、嬉しくて」

「そう？」

「うん。ずっと見ていたくなる。できれば……ずっと、いてほしい」

洗い終わった手をタオルで拭いていると、誠治が後ろに立ち腕を伸ばす。ぎゅっと抱きしめられ、腕が細い胴に回った。

「これからも大変な思いをさせるかもしれないけど」

「お皿、洗い終わったよ？」

わざとらしく、なんでもない風に答えタオルで手を拭き、美玲は身体の向きを変えた。目の前には焦げ付くような焦燥を瞳に映した誠治がいる。

両手を伸ばして彼の頬を挟む。誠治は腕を美玲の腰に回していた。

「最後まで言わせてくれないなんて、冷たい」

「だって、お皿を洗ったんだもの。冷たくなるわよ」

誠治の言う「冷たい」を手の「冷たい」にひっかけて返事をかわす。美玲は両手で誠治の頬に触れつつ、口を尖らせるとねだるように彼を見上げた。

「あのね。できればもう少しロマンティックな場所だと嬉しいのですけど……」

やっぱりプロポーズは一生の思い出になる。これまで何度も予告めいた言葉を聞いたけれど、本番はできれば思い出に残るところの方が嬉しい。言いたいことをわかってくれたのか、誠治は「了解」と言うと美玲を抱きしめて持ち上げた。

「あっ、ちょっと！　誠治さんっ」

「そうだね、海上の貸し切りクルーズがいいか、ヘリコプターで夜景を見ながらがいいか、どうする？」

「そんな派手なことしないで」

「だって、ロマンティックな方がいいだろう？」

嬉しそうに美玲を持ち上げたまま、誠治の足は寝室へと向かっていく。

「音が漏れるのが、嫌だったんじゃないの？」

「……だったら今日は、ずっとキスして塞いでおくよ」

待ちきれない様子の誠治は、早速美玲の口を塞ぐ。今日は長くなりそうな予感がして、美玲は胸を甘くときめかせた。

◆

ある日の夕方、誠治は外務省の建物を出ると駅に足を向けた。仕事の合間を縫って向かった先は、個人的なことを依頼している林弁護士事務所だ。

「忙しいところ、すまない」

「いや、一三条の頼みなら断れないよ」

学生時代に法学部で一緒だった彼は、背広の襟に弁護士バッジをつけている。この前も警察署に同行してくれた腕利きの弁護士だ。

「ところで、あの三筋って男の方はうまくいったのか?」

「ああ、あの男か。あれも君からの情報が役立ったよ。助かった」

誠治は帰国するとすぐに美玲を探し出していた。すると彼女の周囲に嫌味な男が近づいている。名刺にある情報を基に調べ上げると、違法薬物を使った準強制わいせつの不祥事を揉み消していたことがわかった。

証拠が不十分なため立件できなかったようだが、プライドの高い三筋康介を脅すにはちょうどいい情報だった。

再捜査されたくなければ、美玲と別れるように林を通して伝えるとすぐに反応した。やはり罪を犯していたのだろう。

「それは良かった。ま、ああいったタイプの男は自滅することが多いからね。一三条に睨まれた時点で、先は見えているけど」

「そんなことはないよ。僕はとても穏健だと思うけどね」

「ははっ、あの時の暴行だって、どうせわざと避けられるものも、避けなかったんだろ？　冷静で冷酷な外交官(ディプロマ)のことだからな」

弁護士が軽快に笑い声を上げると、誠治もつられてしまう。

今回は刑事事件となったので、三筋にも社会的制裁がある。美玲を傷つけたからには、それなりの報いを受けてもらった。

冷酷な外交官、と呼ばれるのは過去の業績からしても当然だろう。美玲には言えないことが多すぎる。

「で、君の婚約者の母親について調べたけれど、ちょっと厄介(やっかい)な組に目をつけられているみたいだね。早く彼に引き取ってもらう方がいいと思うよ」

「ああ、そうするつもりだ。でもその前に、僕の未来の妻に接触できないようにしたい」

「それはまた、難しいことを……まぁ、方法がないわけではないけど」

誠治は鞄から封筒を取り出すと、林の前に置いた。

「これがそのための契約書だ。確認してほしい」

「わかった」

美玲の母親のことを相談するならば、清濁併せ呑む(せいだくあわせのむ)性格の彼が適任と判断している。

林が書類を手に取っている間、誠治は先日の会合を思い返していた。

都内のバーで会ったのは、壮年のフランス人男性だ。日本に商談とバケーションを兼ねて長期滞在している彼とは以前、日仏の親善団体の主催したパーティーで知り合った。

「いやぁ、君の紹介してくれた海鈴は素晴らしかったよ！」

「そうでしたか、彼女もあなたとであれば渡仏したいと言っていました」

誠治は口の端を上げながら、笑みを顔に貼りつける。フランスで会社を経営している彼は、いかにもジェントルマンな様相で妙齢の女性を惹きつける。

そして今はアジア人女性を好んでいた。だから年齢を感じさせない美貌を持ち、それでいてフランス語も流暢(りゅうちょう)な海鈴を気に入ると思い紹介すると、案の定二人は男女の仲になった。

三年前に一度、美玲のアパートで会った時に海鈴からは女を匂わされていた。極上の餌のような男性を紹介すれば食いつくだろうと思っていたが、思っていた以上の成果だ。

美玲にはまだ伝えていないが、彼ならば海鈴をフランスへ連れていってくれるだろう。そのまま監禁でもなんでもすればいい。美玲を困らせるようなことにならなければ、十分だ。

冷静で冷酷な外交官(ディプロマ)と言われる自分にしてみれば、こうした工作は簡単なことだ。フランス人の彼には、他にも商談が有利になるようなカードをちらつかせてある。

「では、海鈴には近いうちにプロポーズするよ」

「うまくいくことを祈っています」

グラスを持ち上げ、互いに瞳の奥を光らせる。プロポーズと言うけれど、彼がフランスに何人もの女性を囲っていることはすでに調べてあるから、海鈴が幸せになるのかはわからない。

だが——美玲の心の平安のためならば、容赦なく引き離す。

海外に送り出してしまえば、簡単には接触できない。スマートフォンとパスポートを押さえてしまえば、動きを封じることができる。

そうした一連の流れを思い返していると、書類を確認し終えた林が「できたよ」と言って印を押した。

「厄介なことを頼んで申し訳ない」

「いや、報酬はしっかりいただくからね」

林には清香のことも調べてもらっていた。

それによると、海鈴が以前金を借りていた時の組の男とつるみ、再び海鈴に近寄っていたようだ。あの日に美玲に飲ませようとしていた薬も、その男が清香に渡したものだった。

――美玲は、あの男のことを蛇のようだと言っていたな……

それはある意味正しかった。清香が逮捕されても、されなくても、どう転んでもあの組の男に気に入られたからには、彼女も自滅していくだろう。結局、蛇に噛みつかれたのは清香の方だった。

弁護士の林もいい仕事をしている。彼は彼で、一三条歴史の力を必要としているのだから、お互い Win-Win の関係となるのは交渉の基本だ。

でなければ信頼することも難しい。

誠治は決して美玲には見せることのない表情になると、目の前に置かれたグラスの水を空にする。

「では、一三条。今度また飲みに行こう」

「ああ」

にやりと笑った林に返事をした誠治は立ち上がると、仕込みは終わったとばかりに事務所を後にした。

十二月に入ると街のあちらこちらでイルミネーションの飾りが華やかになる。誠治は駅前に設置されたクリスマスツリーを正面にして、壁にもたれながら美玲を待っていた。

時計を見ると、もう八時を過ぎている。行きかう人々も仕事を終え、これから飲みに行く人やすでに食事を終えた人などが多い。

キャメル色のトレンチコートに上質なスーツ、黒光りする靴を履いた誠治は腕を組んで立っているだけで、人々の注目を集めていた。

特に若い女性からの視線を感じているが、相手にすることはない。美玲以外の女性などチリにしか思えないのだから、声をかけるなという態度で、視線を受けても無視している。

ようやく美玲が駅に着いたのか、スマートフォンにメッセージが届く。『今から行きます』という可愛らしいキャラクターのスタンプを見ると、思わず微笑んでしまう。

「あの……友人の方と待ち合わせですか？」

女性の二人組が声をかけてきた。どうやら男性の友人との会食であれば、一緒に行きたいと思ったのだろう。

「いえ、妻を待っていますので」

冷ややかな視線で答えたところ、「あっ、そうなんですね」と言って離れていく。ここで下手に「彼女を待っている」と言うと、粘る女性がいるから厄介だ。

「誠治さん、お待たせ……」

白いコートにひざ丈のスカートを穿いた美玲がようやく到着する。息を切らしているから、急いで走ってきたのだろう。

「大丈夫だよ、僕も今来たところだ」

「さっきの人は？　いいの？」

「さっきのって、女性の二人組のこと？」

「そうそう」

「さぁ、道を聞かれたから答えただけだよ」

美玲には余計なことを思い煩わせたくない。彼女の白く細い手を取ると、指の間に絡ませて手をつなぐ。こうするだけで頬を染めるのだから、初心すぎる。

——ああ、本当に可愛いな。

今日は美玲に大切なことを伝える日だ。彼女のリクエストを受け、入念に準備している。

「えっ、ここ？」

日比谷公園の近くにあるホテルのエントランスに着くと、美玲は小さく声を上げた。

「そうここ。初めて僕たちが、お茶したところ」

「わぁ、懐かしいね」

ここのロビーで彼女を捕まえてから今まで、他の女性に目を奪われることはなかった。中東に行っていた三年間、美玲に彼氏ができたとしても奪い返すつもりでいた。

「今日はここのホテルの部屋を取ってあるんだ」

「そうなの？」

都内でも老舗(しにせ)でラグジュアリーなホテルのロビーは、薔薇(ばら)の形をしたシャンデリアが光を放っている。中央にはプリザーブドフラワーが山のように飾られていた。

「綺麗……クリスマスって感じだね」

「美玲の方が綺麗だよ」

耳元で囁くと、サッと頬を赤く染める。白い肌が淡く色づき、まるで宝石のような目で見上げてくる。

「もう、誠治さんがそんなこと言うなんて……」

戸惑いながらも嬉しそうにしている彼女を見ると、こちらも胸の奥が温かくなる。誠治はすでに受付を済ませていたので、直接エレベーターに乗って上階のボタンを押す。

厚手の絨毯(じゅうたん)が敷き詰められた廊下を進むと、重厚なつくりの扉の前で誠治は止まった。

「さ、お嬢さま。お入りください」

「どうしたの？　誠治さん」

「いいから、先に入って」

カードキーを使って扉を開け、美玲に中に入ってもらう。部屋の中は淡い光が灯り、カーテンを開けた窓からは東京の夜景が見えた。

「……！　誠治さん！」

手を口に当てた美玲が言葉を失くしている。ロマンティックなプロポーズをリクエストされ、しばらく悩んで決めたのがこれだった。

「意味、わかる？」

「もちろん、わかるわよ！」

ベッドに赤い薔薇の花びらを使ってMariez-moi（結婚して）と花文字が書いてある。

誠治は立ち尽くす美玲の前に跪くと、左の手を取った。

「三年前、初めて美玲と食事した時に思ったんだ。君は怖い思いをしたにもかかわらず、まだアフリカを好きなことが伝わってきた」

「……うん」

「外交官の妻となると、普通の夫婦にはない苦労をさせるかもしれない。けど、君ならそれを逆手に取ってくれるんじゃないかって」

「そんなに前から？」

「ああ。アフリカで出会った時から想っていたよ。君に隣にいてほしいって」

誠治は背広の内側のポケットから小さな箱を取り出すと、美玲の前でそれを開けた。白い台座の上には、ダイヤモンドのついた指輪が載っている。

「橋渡美玲さん。一三条誠治はこれからの人生の全てを賭けて、君を愛することを誓います。だから、結婚してほしい」

「……Oui, avec plaisir（はい、喜んで）」

にっこりと微笑んだ彼女の左手の薬指に指輪をはめると、感極まったのか美玲がぐすっと洟をすすり上げた。

「美玲？」

「うっ、嬉しくて泣いているの……もうっ、こんな日は来ないって、何度も思ったから……」

誠治は立ち上がると彼女の肩に手を回して胸に引き寄せる。

「スーツが汚れちゃう……」

「構わないよ」

ハンカチを瞼に当てた美玲は、まるで雪の精かと思うほどに美しい。長いまつ毛が涙で濡れて光っている。何度も瞬きをしたあと、背の高い誠治を見上げて嬉しそうに笑った。

「美玲っ！」

笑顔を見た途端、嬉しさが込み上げてきた誠治は彼女の顎を持ち上げ口づける。ようやくこの手に掴むことのできた彼女を離すまいと、背中に腕をしっかりと巻きつけた。

ルームサービスで軽食を取りながら、シャンパンで乾杯をする。窓の向こうには宝石箱から光が零れたように輝く夜景が見えた。

「ほんと、綺麗な夜景。東京って、こんなにも綺麗だったんだね」

「他にも夜景の綺麗な都市はたくさんあるから、これからは二人で見に行こう」

「うん、都会でなくても、もう一度アフリカの星空も見てみたいな」

「あれも綺麗だったからね」

しばらくは日本での勤務となるが、また外国に赴任となる。多分、来年の四月から今度はアフリカになりそうな気がする。そうなると早めに籍だけでも入れておきたい。家族となれば、外交官パスポートに切り替える必要があるからだ。

「あのね、お母さんがフランスに行きたいって言っているの」

「それは……どうして？」

「新しい男の人から、プロポーズされたんだって。これまでの男性に比べると、相手の方もしっかりしているみたいだから、大丈夫かなって」

美玲は不安があるのか、顔を曇らせている。彼女の憂いは全て取り払いたいと、誠治はグラスを傾けながら彼女に囁いた。

「お母さんには、お母さんの人生があるんだから……応援してあげたら？」

「そう？　でも……そうだよね。私も誠治さんと結婚することを、お母さんに反対されたくないしね」

「渡仏するなら、僕もビザの手続きとかサポートするから」

「うん、ありがとう」

ここまで言えば、美玲も納得するだろう。彼女が幸せに暮らせるために環境を整えるのは、当然のことだ。

「誠治さんのご家族にも、挨拶しないとね」

「……もういいよ。君のことは父も了解している」

「でも、お義母様にも改めてお礼を伝えたいのに」

美玲はどうしてもといい、慰謝料として借金返済に充てられていた金額を返済していた。だが、母のことだから『結婚祝い』としてそれ以上のものを渡してくるだろう。

「これからは君の義母になるのだから、機会はまだあるよ」

「そっか、そうよね」

美玲はしきりに家族のことを心配しているが、異母弟のいる家庭には近寄りたくはない。それよりも確認したいことがあった。

「美玲、フランスにいる君のお父さんのことだけれど……会いに行こうか？」

「一応所在は知っているんだけど、最近は連絡を取っていないの。新しい家族もいるようだし、私が行っても迷惑かなぁ、って思うけど」

「フランス人だろう？　だったら、そんなに気負わなくてもいいと思うよ。なんなら新婚旅行はフランスに行こうか」

「……いいの？」

「もちろんだよ」

二人でパリの街を歩くのも楽しみだ。語学研修の期間中に滞在した家の家族にも、美玲を紹介したい。

「妻です、って自慢するんだ。あの家には男前な息子が三人もいたけど、絶対に僕の美玲が一番綺麗な嫁だからね」

「もうっ、そんなこと言って」

くすくすと笑いはじめた彼女の頬に、音を立ててキスをする。もうアルコールは十分だろうと、手に持っていたグラスを取り上げた。

「美玲、指輪だけをつけた君が見たい」

「……誠治さん」

目を色っぽく潤ませた彼女が可愛らしく首を傾げている。サイドに流していた緩やかな髪を手櫛(てぐし)でほぐすと、甘やかな吐息が彼女から零(こぼ)れ落ちた。

いつ見ても艶(つや)やかな唇が誘っている。「好きだよ」と伝えると小さな口を少し開け、チロ、と赤い舌を見せた。美玲にしてみると、そんなつもりはなかったのかもしれない。けれど、その唇に吸いつきたくなった誠治は、噛みつくようにキスをする。

唇の柔らかい部分を重ね、舌で撫でるように頬の裏側を舐める。彼女の舌を吸うと、「んんっ」とくぐもった声を出しながら美玲も応えてくれる。

「愛しているよ、美玲。このまま君を抱きたい」

「待って……まだ、シャワーも浴びてない」

「待ちきれないよ」

そっと後頭部に手を伸ばすと、「んっ」と可愛い声を上げる。もう逃がさないとばかりに舌を押し込んだ。一刻も早く彼女の中に剛直を突き入れて、最奥で果てて孕(はら)ませたい。そんな野獣めいた考えに支配されそうになる。

美玲の髪から、薔薇(ばら)のように女性らしい匂いがすると、どうしても自分の中の雄が刺激されてしまう。今夜はもう、自分を止められる自信がない。焦燥(しょうそう)に似た飢餓(きが)感に襲われ、彼女を貪(むさぼ)り尽くしそうになる。

誠治はゴクリと喉を鳴らした。美玲の左手の薬指には、結婚を約束した指輪がある。この女(ひと)はもう、自分のものになったに等しいのだから――

誠治は彼女を立たせると、夜景の見える窓に手をつかせた。美玲は「ここで?」とさらに可愛らしい声を出す。そんな声を聞くと――もう自分の劣情を止めることはできなかった。

「あっ、んっ……は、あんっ」

白いセーターとキャミソールを剥(は)ぎ取ると、美玲は黒いレースの飾りがついたブラジャーをしていた。さらにタイトスカートを下ろせば、黒いストッキング姿になる。

煌(きら)びやかな夜景を映し出す窓に、彼女のいやらしく色気のある痴態(ちたい)が鏡のように映っていた。

「ね、誠治さん、ベッドに行こうよ……外から、見えちゃうかも」

「高いところだから、大丈夫だ」

もう、ベッドに行く時間も惜しいとばかりに誠治は網目になっているストッキングをビリッと破る。「きゃんっ」と鳴いた美玲の、白くまろやかな双丘(そうきゅう)が現れた。

彼女は黒の上下の下着のみの欲情的な姿となり、誠治はただの雄獣になり果てた。

「こんな下着をつけて……僕をどうしたいんだ」

「あんっ、もうっ……だってぇ……はぁっ、あんっ！」

後ろに立ってブラの上から胸を揉みながら耳たぶを甘噛みする。コリッと硬い先端と思しき場所を摘まむと、甘い声が漏れてくる。もっと啼かせたくなり、背中にあるホックを外すとふるりと白い乳房が現れた。

「綺麗だ……美玲、たまらないよ」

下半身に血が滾り、トラウザーズを押し上げている。スリーピースのスーツを着たまま彼女を裸にしていくことに、背徳感からくる高揚感があった。

中途半端にはだけたブラを避け、胸を揉みしだく。重量感のある乳房を手のひらで受け止め、柔らかい肌を楽しみつつ触れると、だんだんと形が変わり手に馴染んでいく。

「ほら、先端が勃ってる」

「んっ、だ、だってぇ……誠治さんが、揉むから……」

「僕が揉むと、気持ちいい？」

意地悪するように耳元で囁くと、彼女は声に反応して「あうっ」と喘ぐ。――腰にくる声だ。

「あ、いいっ、いいからぁ……」

蕩けた目が窓に映る。先端を弄りながら腰の昂りを尻に押しつけた途端、美玲の方から求めるように腰を揺らした。

「待ってくれ、今、あげるから」

ショーツのクロッチの上からなぞるだけで、美玲は甘い声を上げた。ベルトをカチャリと外して前をくつろげると、ボクサーパンツがはちきれんばかりに勃っている。挿入への期待ですでに男根の先からは透明な液体が出ているだろう。

「はは、美玲に触れると、いつもこうなってしまう。……悪い子だ」

「あっ、んんっ……はぁ……っ、ああっ」

後ろからショーツを避けて蜜口に指を添わせると、愛蜜がしとどに流れている。それを前の方のクリトリスに塗りつけながら、指で優しく扱く。

初めて彼女に挿入した時、美玲から求めてほしくて騎乗位を強いてしまった。痛いのを我慢しながら咥え込む様は、圧巻だった。ふるふると乳房を小さく震わせ、「んっ」と甘い声を上げているのを聞くと理性が弾け飛んだ。

あれからもう、何回も彼女と身体を重ねているが、今夜の美玲は格別に美しい。普段は真面目な『先生』をしている彼女が、今は情欲に身を任せて背をのけ反らせている。豊満な胸がガラスに押し当てられ、形を変えている。

その隙にゴムを被せると、細いウエストを押さえ美尻を突き出す格好をさせた。

男根がいきり立ち全身が期待でわなわなと震える。

「今日は後ろから、突くよ」

「はぁ、あああっ」

ショーツを脱がせるのももどかしいとばかりに、誠治は股の部分を横に避けると怒張を膣内に挿入した。美玲の中はいつでも温かく、包み込むように絡みつく。それでいて奥がきゅっと萎み、突くたびに絞られ得も言われぬ快感が身体中を走っていった。

気がついた時には、美玲を窓に押しつけていた。窓にはネクタイをつけたスーツ姿のままの自分が、獣のように美玲を犯している姿が映っている。

ぱんっ、ぱんっと肉と肉がぶつかるたびに、ベルトがカチャリと音を立てる。こんな姿をして女を抱いたことなど一度もない。美玲は自分の中の野性を引き出す魔性の女だ。

だが、そのことを伝えるつもりはない。美玲の魅力は奥ゆかしさと色気に満ちた身体なのだから。

「美玲っ、美玲！　はぁっ、好きだ、美玲」

押し込むたびにキュッと絞られ、うっと唸り声を出してしまう。我慢などしないで中で果てることができれば、どれだけ気持ちいいだろう。

「こんなに締め付けるなんて、ダメだ……」

美玲が左手を窓につけている。薬指には、渡したばかりの婚約指輪が光っていた。

――美玲は俺のものだ。

独占欲と支配欲が重なり、一気に抽送のスピードを速くする。ぬちっ、ぬちっと水音が鳴り美玲の嬌声が高く響いた。

「ああっ……っ、はぁっ……あっ……イくっ、イっちゃうからぁ……！」

「美玲！　っ、……俺の、美玲っ！」

腰をがっちりと掴みながら抽送を繰り返すと、一気に射精感が高まってくる。抗えない欲望そのままに、誠治は腰を打ちつけた。忘我の境地となり、頭の中が美玲でいっぱいになる。このまま、この雌の中で果ててしまいたい。

「っ、クッ……っ、でるっ」

「あ、ああっ、ああぁ――……っ」

美玲も同時に絶頂に達し喉をのけ反らせた。どんっと最奥を目指して突き上げると、どくどくっと白い欲望が飛び出していく。――最高に気持ちがいい。

はぁ、はぁと息を整えながら窓を見ると、目を閉じた美玲が口を半分開いて息をしている。ぷるぷると乳房が揺れ美尻も小さく震えていた。

――ああ、なんて愛おしいんだ……

顎を持ち身体を支えながら、好きという気持ちを押し込むように口づける。優しく撫でるように口内を舐め、唇の柔らかい部分を重ね合わせ「好きだ」と何度も呟いた。

ふと彼女の姿を見ると、下着を中途半端に脱がされ、ストッキングも破られている。あられもない姿になった自分を恥じるように、美玲は「もうっ」と小さく声を上げた。

「ごめん、美玲。あんまりにも可愛くて、我慢できなかった」

「わたしばっかり、こんな格好になって……誠治さんは、ネクタイも取っていないのに……もうっ……」

「そうだね、まるで仕事中に襲っているみたいで背徳感が凄くて……興奮した」

美玲には悪いけれど、こうして乱れた姿も最高にそそられる。けれど、今日はここまでだろう。

誠治は美玲を抱き上げると、「ごめんよ、窓は冷たかったよね」と言い下着を取り払った。指輪だけの姿になると、たまらなくいい香りがしてくる。すぐに愚息が首をもたげるが、いい加減がっつきすぎだろう。

「一緒にお風呂で温まろうか」

と声をかけ浴室に連れていく。湯船には薔薇(ばら)の花びらを浮かべてある。それを見た美玲は目を見開くと「素敵！」と声を上げた。

やはり彼女を喜ばせるのが、どうやら自分の性癖のようだ。自覚した思いに忠実になろうと、誠治はスーツをようやく脱いで裸になる。自分の手で彼女の身体を洗い上げたい。

にこやかに笑った誠治は、惜しげもなく肉体美を晒(さら)して美玲の目の前に立っていた。

◆

美玲は思わずポカンとして誠治を見上げてしまう。明るい浴室で見る彼の身体は、男らしく筋肉が浮かび上がっていた。シャワーを浴びていた美玲のしぶきがかかり、精悍(せいかん)な身体が水滴に濡れている。

「誠治さん？」

「ほら、せっけん。泡立てるから、こっちに貸して」

「う、うん」

シャワーを止めると、誠治は手を使って泡を包むようにして身体に塗った。薔薇(ばら)の匂いがする。

湯船からも香り、華やかな匂いの中で身体中を撫でられる。

「もっ、もう自分で洗うから大丈夫だよ」

「いいから。僕にさせて」

こう、と決めた誠治は意見を変えることはない。足の指の間まで綺麗にされるとさすがに恥ずかしさが先に立つ。けれど彼は容赦なく全身を手で洗ってしまう。

「湯に入っていて」

誠治が洗うのを手伝おうとしても、やんわりとダメだと言われた。仕方がないので白い浴槽に浮かぶ赤い薔薇(ばら)の花びらたちをすくいながら、身体を湯に浸(ひた)す。

——誠治さんって、見かけによらずエッチが激しいよね……

他の人を知らないから、比べようがないけれど。女性誌の体験談を読んでみても、何回もどろどろになるまでイかされた後に何度も注がれることはないらしい。

ぷくぷくと顔を半分湯に沈めていると、ざぶんと後ろに誠治が入ってくる。すぐに腕が回され、美玲の胴に巻きついた。

「美玲、今日はもう疲れた？」

「うーん、そうと言えばそうだけど……誠治さんは満足したの？」

「僕のことより、美玲のことを大切にしたいんだ」

「それは嬉しいけど……」

「それに、結婚したら毎日一緒にいられるから……待ち遠しいな」

美玲も誠治との暮らしを想像すると、楽しみでしかない。今はお互いの仕事が忙しくて、会える日も限られている。今日のように、顔を見ながらゆっくりと話ができる日は少ない。

「結婚式はどうする？　今から予約すると、半年後とかになるのかなぁ」

「あ、美玲。多分だけど、四月からアフリカに赴任になると思う。だから、その前に籍だけは入れておきたいけど……どうかな？」

「え？」

今は十二月で、来年の四月からアフリカ。それも在外公館への赴任となると三年以上になる。

「パスポートの申請をし直すことになるから、時間がかかるんだ」

「どうして？」

「外交官の妻となれば、外交特権が与えられるからね。ウィーン条約を習わなかった？」

「そういえば、聞いたことがあるかも」

「うん、また今度教えるよ」

外交特権と聞くと慄（おのの）いてしまうけれど、これが外交官の妻になるということだろう。プロポーズにはもう返事をしてしまったから、逃げ出すことはできない。

——といっても、逃げ出せるとは思えないけどね……誠治さん、見かけによらず執着凄いし……ご機嫌になった誠治は、美玲の肌を堪能（たんのう）するように触れている。しっかりしているようで、美玲のことになるとぞっこんな彼が愛おしくて仕方がない。

誠治の手が不埒（ふらち）に蠢（うごめ）きはじめたのに合わせ、美玲は顔を後ろに向けた。

「誠治さん、この手がいやらしすぎます」

「うん、いやらしく触れているからね」

「……ね、私たち、もっと話しあうことがあると思うんだけど。結婚式のこととか、住まいのこととか」

「うん、それは明日から」

「っ、もうっ」

仕方がない、と思ってしまう自分は随分と彼に甘いのだろう。薔薇(ばら)の香りに包まれながら、美玲は顎を上げると誠治に優しく口づけた。それを合図にした二人は——甘やかな夜に濡れるのだった。

エピローグ

クリスマスを二人で過ごして、それから——

新年になるとすぐに籍を入れ、一三条美玲となり語学スクールを辞めることになった。新しいフランス語講師も見つかり、生徒を彼女に引き継いで気持ちを切り替える。

誠治の予想通り、辞令が下りるとあっと言う間にアフリカに飛ぶことになった。

「アフリカでも、今度は気候も温暖で過ごしやすいところだよ。治安は少し悪いけど、政治的に安定している国だから」

「そんなに心配しなくても、ついていくから大丈夫だよ。それに楽しみだなぁ、またあのトウモロコシ粉のごはんが食べられるよね」

「そうだね、今度の国だとなんて言ったかなぁ、呼び方が国によって変わるけど、主食なのは変わらないから。でも、最近はアフリカでも米が人気だから、首都に行けば手に入るはずだよ」

誠治も料理をする気満々なのか、自ら調味料を選んで荷物に入れている。国は違うけれど、アフリカには二年も住んでいたから必要なものを選ぶのは任せてもらい、誠治の負担を減らすことにした。

実際に行くとなると、予防接種など何かと忙しくなる。それでも赴任についていく前に、美玲はかつて働いていた非営利団体の事務所に顔を出した。

逃げるようにして帰国してしまったけれど、診療所の様子を聞くと三年もの間、厳しい条件ながらも現地スタッフは頑張っているみたいだ。

「美玲さんが外交官の奥さんになるなら、ぜひうちの団体を訪問してね。それだけで影響があるから」

「え、そうなの？」

「そうよ！　外交官外交って、ほら。奥様の慈善団体訪問も関係しているから、現地スタッフへの励ましにもなるし」

「そうかぁ、誠治さんにも一度聞いてみて、訪問できたら行ってみたいな」

思いがけないことに、美玲の目指していたボランティア活動が違う形で叶うことになる。一度は諦めた道だったけれど、これからは外交官の妻という立場で支えていきたい。

「それに将来、旦那様が日本大使になった時にはもっと影響力が出るから！　頑張ってね！」

「は、はは。そうね……」

誠治が大使になるのはいつのことだろう……今はまだ想像もつかない。何よりも結婚したばかりで夫婦になった実感が湧かない。海外に赴任するまでは、美玲の部屋に誠治が泊まりに来ているが、忙しい時は官舎に泊まるため、半同棲といったところだ。

美玲は語学スクールを辞めてから初めて、ちなつと待ち合わせをしていた。

「美玲！　元気だった？　って、あ、もう橋渡じゃないのね」

「ちなつだって、彼とはどうなの？」

「そうそう、やっと結婚式の日が決まったけど……招待状を渡したくても、秋だとアフリカに行っているよね」

「え、ちなつの結婚式なら帰国するから招待してね」

「……いいの？」

「そんなことでもないと、帰国する気力が出ないかもしれないし！」

「そうだよね……遠いからね……アフリカ」

いくら飛行機があると言っても、乗り換えを含めるとほぼ二十四時間はかかってしまう。それでも親友であるちなつの大切な日をお祝いしたい。

「無理しないでね、飛行機のチケットも高いから」

「へへ、頑張って貯めていたから大丈夫だよ」

美玲は笑顔を零(こぼ)して返事をする。誠治の母親に返した資金は、同額以上が「結婚祝い」として贈られてきた。

自分の自由にできる資金も大切だからと、誠治とも話して美玲が使えるお金にしてある。

あれから、海鈴もフランスに出国してしまった。結婚するのは嫌だから、配偶者ではないけれど相手の方はそれでもいいらしい。

「美玲たちの結婚式とか、新婚旅行はどうするの？」

「新婚旅行は、アフリカに着いて時間ができたら、二人でフランスに行こうと思っているの。ほら、アフリカとヨーロッパって時差がないから移動も楽みたい」

「なるほどね、確かに日本から行くよりは近いよね」

フランスにいる父に連絡をすると、夫婦で訪問するのを歓迎すると返事をくれた。父に会うのは十五年ぶりになる。大人になり結婚した今では、心理的な距離感もあるから穏やかに会うことができそうだ。

海鈴の住んでいるところも訪ねようかと思ったけれど、誠治が「邪魔をしない方がいいのでは」と言うので、今回はその予定はない。

「結婚式の予定は……うーん、難しそうだね。写真だけは撮っておきたいから、香港(ホンコン)あたりで一泊しようか、って言っているんだけど」

「おお、さすが話がグローバルだね」

「そんなことないよ、単に香港の空港が便利なだけで」

ちなつは「いつか私もアフリカに行きたい！」と言ってくれたけれど、実現するかはわからない。日本と違い、治安の不安もある。何よりも遠すぎるのが難点だった。

ちなつや、日本にいる友人と別れるのは寂しいけれど、新しい地には新しい幸せがあるという。

美玲はアフリカの美しい夜空を思い出すと、懐かしさで胸がいっぱいになった。

干しイチジクをくれたマリアに会いに行こう。そして誠治さんと一緒に……これから満天の星の輝く国で生きていこうと、美玲は心に誓うのだった。

この作品に対する皆様のご意見・ご感想をお待ちしております。

おハガキ・お手紙は以下の宛先にお送りください。

【宛先】

〒150-6019 東京都渋谷区恵比寿4-20-3 恵比寿ガーデンプレイスタワー 19F
（株）アルファポリス　書籍感想係

メールフォームでのご意見・ご感想は右のＱＲコードから、
あるいは以下のワードで検索をかけてください。

ご感想はこちらから

怜悧なエリート外交官の容赦ない溺愛

季邑えり（きむら えり）

2024年11月25日初版発行

編集－反田理美・森 順子
編集長－倉持真理
発行者－梶本雄介
発行所－株式会社アルファポリス
〒150-6019 東京都渋谷区恵比寿4-20-3 恵比寿ガーデンプレイスタワー19F
TEL 03-6277-1601（営業） 03-6277-1602（編集）
URL https://www.alphapolis.co.jp/
発売元－株式会社星雲社（共同出版社・流通責任出版社）
〒112-0005 東京都文京区水道1-3-30
TEL 03-3868-3275
装丁イラスト－天路ゆうつづ
装丁デザイン－AFTERGLOW
（レーベルフォーマットデザイン－hive&co.,ltd.）
印刷－中央精版印刷株式会社

価格はカバーに表示されてあります。

落丁乱丁の場合はアルファポリスまでご連絡ください。

送料は小社負担でお取り替えします。


ISBN978-4-434-34483-1 C0093